"每一个人必须在这舞台上扮演一个角色,我扮演的是一个悲哀的角色。"

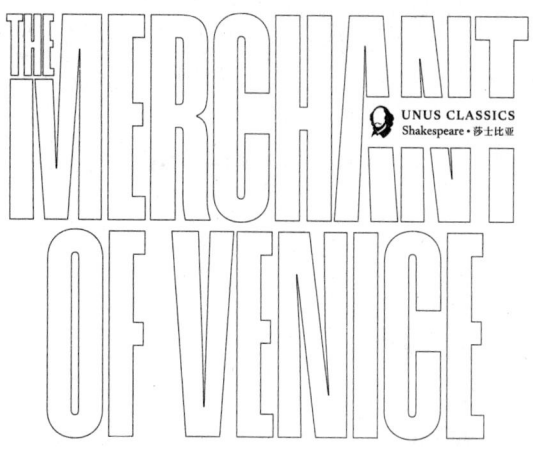

[英]威廉·莎士比亚 / 著
朱生豪 / 译

威尼斯商人

海南出版社
·海口·

图书在版编目（CIP）数据

威尼斯商人 /（英）威廉·莎士比亚著；朱生豪译.
海口：海南出版社，2025. 3. -- (未读经典).
ISBN 978-7-5730-2351-3

Ⅰ. I561.33
中国国家版本馆CIP数据核字第2025ME8540号

威尼斯商人
WEINISI SHANGREN

[英] 威廉·莎士比亚　著　朱生豪　译

责任编辑：	胡守景
执行编辑：	戴慧汝
封面设计：	APT
出版发行：	海南出版社
地　　址：	海南省海口市金盘开发区建设三横路2号
邮　　编：	570216
电　　话：	(0898)66822026
印　　刷：	大厂回族自治县德诚印务有限公司
版　　次：	2025年3月第1版
印　　次：	2025年3月第1次印刷
开　　本：	880 mm×1230 mm　　1/64
印　　张：	3
字　　数：	88千字
书　　号：	ISBN 978-7-5730-2351-3
定　　价：	25.00元

关注未读好书

客服咨询

本书若有质量问题，请致电 (010) 52435752。

未经许可，不得以任何方式
复制或抄袭本书部分或全部内容
版权所有，侵权必究

剧 中 人 物

威尼斯公爵

摩洛哥亲王 | 鲍西娅的求婚者
阿拉贡亲王 |

安东尼奥 ◇ 威尼斯商人

巴萨尼奥 ◇ 安东尼奥的朋友

葛莱西安诺 | 安东尼奥和巴萨尼奥的朋友
萨莱尼奥 |
萨拉里诺 |

罗兰佐 ◇ 杰西卡的恋人

夏洛克 ◇ 犹太富翁

杜伯尔 ◇ 犹太人,夏洛克的朋友

朗斯洛特·高波 ◇ 小丑,夏洛克的仆人

老高波 ◇ 朗斯洛特的父亲

里奥那多 ◇ 巴萨尼奥的仆人

| 鲍尔萨泽 | 鲍西娅的仆人 |
| 斯丹法诺 | |

鲍西娅 ◇ 富家嗣女

尼莉莎 ◇ 鲍西娅的侍女

杰西卡 ◇ 夏洛克的女儿

**威尼斯众士绅、法庭官吏、
狱吏、鲍西娅家中的仆人及其他侍从**

地　点

———————

一部分在威尼斯；
一部分在大陆上的贝尔蒙特，鲍西娅邸宅所在地

第一幕

ACT I

A STAGE WHERE EVERY MAN
MUST PLAY A PART,
AND MINE A SAD ONE.

每一个人必须在这舞台上扮演一个角色,
我扮演的是一个悲哀的角色。

第 一 场

威尼斯。街道

安东尼奥、萨拉里诺及萨莱尼奥上

安东尼奥 真的,我不知道我为什么这样闷闷不乐。你们说你们见我这样子,心里觉得很厌烦,其实我自己也觉得很厌烦呢;可是我怎样会让忧愁沾上身,这种忧愁究竟是怎么一种东西,它是从什么地方产生的,我却全不知道;忧愁已经使我变成了一个傻子,我简直有点不了解自己了。

萨拉里诺　　您的心是跟着您那些扯着满帆的大船在海洋上簸荡着呢；它们就像水上的达官富绅，炫示着它们的豪华，那些小商船向它们点头敬礼，它们却睬也不睬，凌风直驶。

萨莱尼奥　　相信我，老兄，要是我也有这么一笔买卖在外洋，我一定要用大部分的心思牵挂它；我一定常常拔草观测风吹的方向，在地图上查看港口码头的名字；凡是足以使我担心那些货物的命运的一切事情，不用说都会引起我的忧愁。

萨拉里诺　　吹凉我的粥的一口气，也会吹痛我的心，只要我想到海面上的一阵暴风将会造成怎样一场灾祸。我一看见沙漏的时计，就会想起海边的沙滩，仿佛看见我那艘满载货物的商船倒插在沙里，船底朝天，它的高高的桅樯吻着它的葬身之地。要是我到教堂里去，看见那用石块筑成的神圣的殿堂，我怎么会不

　　　　　　　立刻想起那些危险的礁石，它们只要略微碰一碰我那艘好船的船舷，就会把满船的香料倾泻在水里，让汹涌的波涛披戴着我的绸缎绫罗；方才还是价值连城的，一转瞬间尽归乌有？要是我想到了这种情形，我怎么会不担心这种情形也许果然会发生，从而发起愁来呢？不用对我说，我知道安东尼奥是因为担心他的货物而忧愁。

安东尼奥　　不，相信我；感谢我的命运，我买卖的成败并不完全寄托在一艘船上，更不是倚赖着一处地方；我的全部财产，也不会因为这一年的盈亏而受到影响，所以我的货物并不能使我忧愁。

萨拉里诺　　啊，那么您是在恋爱了。

安东尼奥　　呸！哪儿的话！

萨拉里诺　　也不是在恋爱吗？那么让我们说，您忧愁，是因为您不快乐；您也可以同样笑笑跳跳，说您快乐，因为您也不忧愁，实在再简单也不过了。凭两面神雅努斯①起誓,老天造下人来,真是无奇不有:有的人老是眯着眼睛笑,好像鹦鹉见了吹风笛的人一样;有的人终日皱着眉头,即使涅斯托②发誓说那笑话很可笑,他听了也不肯露一露他的牙齿,装出一个笑容来。

巴萨尼奥、罗兰佐及

葛莱西安诺上

|萨莱尼奥| 您的一位最尊贵的朋友巴萨尼奥,跟葛莱西安诺、罗兰佐都来了。再见,您现在有了更好的同伴,我们可以少陪啦。
|萨拉里诺| 倘不是因为您的好朋友来了,我一定要叫您快乐了才走。
|安东尼奥| 你们的友谊我是十分看重的。照我看来,恐怕还是你们自己有事,所以借着这个机会想抽身出去吧?
|萨拉里诺| 早安,各位大爷。
|巴萨尼奥| 两位先生,咱们什么时候再聚在一起谈

	谈笑笑？你们近来跟我十分疏远了。难道非走不可吗？
萨拉里诺	您什么时候有空，我们一定奉陪。

萨拉里诺、萨莱尼奥下

罗兰佐	巴萨尼奥大爷，您现在已经找到安东尼奥，我们也要少陪啦；可是请您千万别忘记吃饭的时候咱们在什么地方会面。
巴萨尼奥	我一定不失约。
葛莱西安诺	安东尼奥先生，您的脸色不大好，您把世间的事情看得太认真了；一个人思虑太多，就会失却做人的乐趣。相信我，您近来真是变得太厉害啦。
安东尼奥	葛莱西安诺，我把这世界不过看作一个世界，每一个人必须在这舞台上扮演一个角色，我扮演的是一个悲哀的角色。
葛莱西安诺	让我扮演一个小丑吧。让我在嘻嘻哈哈的欢笑声中不知不觉地老去；宁可用酒温暖我的肠胃，也不要用折磨人的呻吟冰冷我的心。为什么一个身体里

面流着热血的人,要那么正襟危坐,就像他祖宗爷爷的石膏像一样呢?明明醒着的时候,为什么偏要像睡去了一般?为什么动不动翻脸生气,把自己气出了一场黄疸病来?我告诉你吧,安东尼奥——因为我爱你,所以我才对你说这样的话:世界上有一种人,他们的脸上装出一副心如止水的神气,故意表示他们的冷静,好让人家称赞他们一声智慧深沉,思想渊博;他们的神气之间,好像说:"我的话都是纶音天语,我要是一张开嘴唇来,不许有一头狗乱叫!"啊,我的安东尼奥,我看透了这一种人,他们只是因为不说话,博得了智慧的名声;可是我可以确定说一句,要是他们说起话来,听见的人,谁都会骂他们是傻瓜的。等有机会的时候,我再告诉你关于这种人的笑话吧;可是请你千万别再用悲哀做钓饵，去钓这种无聊的名誉了。来，好罗兰佐。回头见；等我吃完了饭，再来向你结束我的劝告。

罗兰佐　好，咱们在吃饭的时候再见吧。我大概也就是他所说的那种以不说话为聪明的人，因为葛莱西安诺不让我有说话的机会。

葛莱西安诺　嘿，你只要再跟我两年，就会连你自己说话的口音也听不出来。

安东尼奥　再见，我会把自己慢慢儿训练得多话些。

葛莱西安诺　那就再好没有了；只有干牛舌和没人要的老处女，才是应该沉默的。

葛莱西安诺、罗兰佐下

安东尼奥　他说的这一番话有些什么意思？

巴萨尼奥　葛莱西安诺比全威尼斯城里无论哪一个人都更会拉上一大堆废话。他的道理就像藏在两桶砻糠里的两粒麦子，你必须费去整天工夫才能够把它们找到，可是找到了它们以后，你会觉得费这

　　　　　　许多气力找它们出来一点都不值得。
安东尼奥　　好,您今天答应告诉我您立誓要去秘密拜访的那位姑娘的名字,现在请您告诉我吧。
巴萨尼奥　　安东尼奥,您清楚地知道,我怎样为了维持我外强中干的体面,把一份微薄的资产都挥霍光了;现在我对于家道中落、生活紧缩,倒也不怎么在乎了;我最大的烦恼是怎样可以解脱我背上这一重重由于挥霍而积欠下来的债务。无论在钱财方面或是友谊方面,安东尼奥,我欠您的债都是顶多的;因为你我交情深厚,我才敢大胆把我心里所打算的怎样了清这一切债务的计划全部告诉您。
安东尼奥　　好巴萨尼奥,请您告诉我吧。只要您的计划跟您向来的立身行事一样光明正大,那么我的钱囊可以让您任意取用,我自己也可以供您驱使;我愿意用我所有的力量，帮助您达到目的。

巴萨尼奥　我在学校里练习射箭的时候，每次把一支箭射得不知去向，便用另一支同样射程的箭向着同一方向射去，眼睛看准了它掉在什么地方，就往往可以把那失去的箭找回来；这样，冒着双重的险，就能找到两支箭。我提起这一件儿童时代的往事作为譬喻，因为我将要对您说的话，完全是一种很天真的思想。我欠了您很多的债，而且像一个不听话的孩子一样，把借来的钱一起挥霍完了；可是您要是愿意向着您放射第一支箭的方向，再射出您的第二支箭，那么这一回我一定会把目标看准，即使不把两支箭一起找回来，至少也可以把第二支箭交还给您，让我仍旧对于您先前给我的援助做一个知恩图报的负债者。

安东尼奥　您是知道我的为人的，现在您用这种譬喻的话来试探我的友谊，不过是浪费时间罢了；您要是怀疑我不肯尽力相助，那就比花掉我所有的钱还要对不起我。所以您只要对我说我应该怎么做，如果您知道哪件事是我的力量所能办到的，我一定会给您办到。您说吧。

巴萨尼奥　在贝尔蒙特有一位富家的嗣女，长得非常美貌，尤其值得称道的，她有非常卓越的德行；从她的眼睛里，我有时接到她的脉脉含情的流盼。她的名字叫作鲍西娅，比起古代凯图的女儿、勃鲁托斯的贤妻鲍西娅来毫无逊色。这广大的世界也没有漠视她的好处，四方的风从每一处海岸上带来了声名藉甚的求婚者；她光亮的长发就像是传说中的金羊毛③，把她所住的贝尔蒙特变作了神话中的王国，引诱着无数的伊阿宋前来向她追求。啊，我的安东尼奥！只要我有相当的财力，可以和他们中间无论哪一个人匹敌，那么我觉得我有充分的把握，一定会达成所愿。

安东尼奥　你知道我的全部财产都在海上，我现在既没有钱，也没有可以变换现款的货物。所以我们还是去试一试我的信用，看它在威尼斯城里有些什么效力吧；我一定凭着我这一点面子，能借多少就借多少，尽我最大的力量供给你到贝尔蒙特去见那位美貌的鲍西娅。去，我们两人就去分头打听什么地方可以借到钱，我就用我的信用做担保，或者用我自己的名义给你借下来。

　　　　　　　　　　　　　　　　同下

第 二 场

贝尔蒙特。鲍西娅家中一室

鲍西娅及尼莉莎上

鲍西娅 真的,尼莉莎,我这小小的身体已经厌倦这个广大的世界了。

尼莉莎 好小姐,您的不幸要是跟您的好运气一样大,那么无怪乎您会厌倦这个世界的;可是照我的愚见看来,吃得太饱的人,跟挨饿不吃东西的人,一样是会害病的,所以中庸之道才是最大的幸福:富贵催人生白发,布衣蔬食易长年。

鲍西娅　　这句子说得不错。

尼莉莎　　要是能够照着它做去,那就更好了。

鲍西娅　　倘使做一件事情就跟知道应该做什么事情一样容易,那么小教堂都要变成大礼拜堂,穷人的草屋都要变成王侯的宫殿了。一个好的说教师才会遵从他自己的训诲;我可以教训二十个人,吩咐他们应该做些什么事,可是要我做这二十个人中间的一个,履行我自己的教训,我就要敬谢不敏了。理智可以制定法律来约束感情,可是热情激动起来,就会把冷酷的法令蔑弃不顾;年轻人是一只不受拘束的野兔,会跳过老年人所设立的理智的藩篱。可是我这样大发议论,是不会帮助我选择一个丈夫的。唉,说什么选择!我既不能选择我所中意的人,又不能拒绝我所憎厌的人;一个活着的女儿的意志,却要被一个死了的父亲的遗嘱所箝制。

尼莉莎，像我这样不能选择，也不能拒绝，不是太叫人难堪了吗？

尼莉莎 老太爷生前道高德重，大凡有道君子临终之时，必有神悟；他既然定下这抽签取决的方法，叫谁能够在这金、银、铅三匣之中选中他预定的一只，便可以跟您匹配成亲，那么能够选中的人，一定是值得您倾心相爱的。可是在这些已经到来向您求婚的王孙公子中间，您对于哪一个最有好感呢？

鲍西娅 请你列举他们的名字，当你提到什么人的时候，我就对他下几句评语；凭着我的评语，你就可以知道我对于他们各人的印象。

尼莉莎 第一个是那不勒斯的亲王。

鲍西娅 嗯，他真是一匹小马；他不讲话则已，讲起话来，老是说他的马怎么怎么；他因为能够亲自替自己的马装上蹄铁，算是一件天大的本领。我有点儿疑心他的母亲是跟铁匠有过勾搭的。

尼莉莎　　还有那位巴拉廷伯爵①呢？

鲍西娅　　他一天到晚皱着眉头，好像说："你要是不爱我，随你的便。"他听见笑话也不露一丝笑容。我看他年纪轻轻，就这么愁眉苦脸，到老来只好一天到晚痛哭流涕了。我宁愿嫁给一个骷髅，也不愿嫁给这两人中间的任何一个；上帝保佑我不要落在这两个人手里！

尼莉莎　　您说那位法国贵族勒·滂先生怎样？

鲍西娅　　既然上帝造下他来，就算他是个人吧。凭良心说，我知道讥笑人是一桩罪过，可是他！嘿！他的马比那不勒斯亲王那一匹好一点，他的皱眉头的坏脾气也胜过那位巴拉廷伯爵。什么人的坏处他都有一点，可是一点没有他自己的特色；听见画眉唱歌，他就会手舞足蹈；见了自己的影子，也会跟它比剑。我倘然嫁给他，等于嫁给二十个丈夫；

　　　　　　要是他瞧不起我，我会原谅他，因为即使他爱我爱到发狂，我也是永远不会报答他的。

尼莉莎　那么那个英国的少年男爵福康勃立琪呢？

鲍西娅　你知道我没有对他说过一句话，因为我的话他听不懂，他的话我也听不懂；他不会说拉丁话、法国话、意大利话；至于我的英国话是如何高明，你是可以替我出席法庭做证的。他的模样倒还长得不错，可是唉！谁高兴跟一个哑巴做手势谈话呀？他的装束多么古怪！我想他的紧身衣是在意大利买的，他的裤子是在法国买的，他的软帽是在德国买的，至于他的行为举止，那是他从四面八方学来的。

尼莉莎　您觉得他的邻居、那位苏格兰贵族怎样？

鲍西娅　他很懂得礼尚往来的睦邻之道，因为那个英国人曾经赏给他一记耳光，他就发誓说，一有机会，立即奉还；我想那法国人是他的保人，他已经签署契约，声明将来加倍报偿哩。

尼莉莎　您看那位德国少爷、萨克逊公爵的侄子怎样？

鲍西娅　他在早上清醒的时候，就已经很坏了，一到下午喝醉了酒，尤其坏透；当他顶好的时候，叫他是个人还有点不够资格；当他顶坏的时候，他简直比畜生好不了多少。要是最不幸的祸事降临到我身上，我也希望永远不要跟他在一起。

尼莉莎　要是他要求选择，结果居然给他选中了预定的匣子，那时候您倘然拒绝嫁给他，那不是违背老太爷的遗命了吗？

鲍西娅　为了预防万一起见，我要请你替我在错误的匣子上放好一杯满满莱茵河葡萄酒；要是魔鬼在他的心里，诱惑在他的面前，我相信他一定会选中那一只匣子的。什么事情我都愿意做，尼莉莎，只要别让我嫁给一个酒鬼。

尼莉莎 小姐,您放心吧,您再也不会嫁给这些贵人中间的任何一个。他们已经把他们的决心告诉了我,说除了您父亲所规定的用选择匣子决定取舍的办法以外,要是他们不能用别的方法得到您的应允,那么他们就决定动身回国,不再打扰您了。

鲍西娅 要是没有人愿意照我父亲的遗命把我娶去,那么即使我活到一千岁,也只好终身不嫁。我很高兴这一群求婚者都这么懂事,因为他们中间没有一个人不是我唯望其速去的;求上帝赐给他们一路顺风吧!

尼莉莎 小姐,您还记不记得,当老太爷在世的时候,有一个跟着蒙特佛拉侯爵到这儿来的文武双全的威尼斯人?

鲍西娅 是的,是的,那是巴萨尼奥;我想这是他的名字。

尼莉莎　　正是,小姐;照我这双痴人的眼睛看起来,他是一切男子中间最值得匹配一位佳人的。

鲍西娅　　我记得他,他果然值得你的夸奖。

一仆人上

鲍西娅　　啊!什么事?

仆人　　小姐,那四位客人要来向您告别;另外还有第五位客人,摩洛哥亲王,差了一个人先来报信,说他的主人亲王殿下今天晚上就要到这儿来了。

鲍西娅　　要是我能够竭诚欢迎这第五位客人,就像我竭诚欢送那四位客人一样,那就好了。假如他有圣人般的德行,偏偏生着一副魔鬼样的面貌,那么与其让他做我的丈夫,还不如让他听我的忏悔。来,尼莉莎。喂,你前面走。正是——

　　垂翅狂蜂方出户,寻芳浪蝶又登门。

　　　　　　　　　　　　　　同下

第 三 场

威尼斯。广场

巴萨尼奥及夏洛克上

夏洛克　　三千块钱,嗯?

巴萨尼奥　　是的,大叔,三个月为期。

夏洛克　　三个月为期,嗯?

巴萨尼奥　　我已经对你说过了,这笔钱可以由安东尼奥签立借据。

夏洛克　　安东尼奥签立借据,嗯?

巴萨尼奥　　你愿意帮助我吗?你愿意应承我吗?可不可以让我知道你的答复?

夏洛克　　　三千块钱,借三个月,安东尼奥签立借据。

巴萨尼奥　　你的答复呢?

夏洛克　　　安东尼奥是个好人。

巴萨尼奥　　你有没有听见人家说过他不是个好人?

夏洛克　　　啊,不,不,不,不;我说他是个好人,意思是说他是个有身价的人。可是他的财产还有些问题:他有一艘商船开到的黎波里,另外一艘开到印度群岛,我在交易所里还听人说起,他有第三艘船在墨西哥,第四艘到英格兰去了,此外还有遍布在海外各国的买卖;可是船不过是几块木板钉起来的东西,水手也不过是些血肉之躯,岸上有旱老鼠,水里也有水老鼠,有陆地的强盗,也有海上的强盗,还有风波、礁石和各种危险。不过虽然这么说,他这个人是靠得住的。三千块钱,我想我可以接受他的契约。

巴萨尼奥　你放心吧，不会有错的。

夏洛克　我一定要放了心才敢把债放出去，所以还是让我再考虑考虑吧。我可不可以跟安东尼奥谈谈？

巴萨尼奥　不知道你愿不愿意陪我们吃顿饭？

夏洛克　是的，叫我去闻猪肉的味道，吃你们拿撒勒先知把魔鬼赶进去的脏东西的身体⑤！我可以跟你们做买卖，讲交易，谈天散步，以及诸如此类的事情，可是我不能陪你们吃东西喝酒做祷告。交易所里有些什么消息？那边来的是谁？

安东尼奥上

巴萨尼奥　这位就是安东尼奥先生。

夏洛克　[旁白]他的样子多么像一个摇尾乞怜的税吏！我恨他，因为他是个基督徒，可是尤其因为他是个傻子，借钱给人不取利息，把咱们在威尼斯城里干放债这一行的利息都压低了。要是我有一天抓住他的把柄，一定要痛痛快快地向他报我的深仇宿怨。他憎恶我们神圣的民族，甚至在商人会集的地方当众辱骂我，辱骂我的交易，辱骂我辛辛苦苦赚下来的钱，说那些都是盘剥得来的腌臜钱。要是我饶过了他，就会让我们的民族永远没有翻身的日子。

巴萨尼奥　夏洛克，你听见了吗？

夏洛克　我正在估计我手头的现款，照我大概记得起来的数目，要一时凑足三千块钱，恐怕办不到。可是那没有关系，我们族里有一个犹太富翁杜伯尔，可以供给我必要的数目。且慢！您打算借几个月？[向安东尼奥]您好，好先生；哪一阵好风把尊驾吹来啦？

安东尼奥　夏洛克，虽然我跟人家互通有无从来不讲利息，可是为了我的朋友的急需，这回我要破一次例。[向巴萨尼奥]他有没有知道你需要多少？

夏洛克　嗯，嗯，三千块钱。

安东尼奥　三个月为期。

夏洛克　我倒忘了，正是三个月，您对我说过的。好，您的借据呢？让我瞧一瞧。可是听着，好像您说您从来借钱不讲利息。

安东尼奥　我从来不讲利息。

夏洛克　当雅各替他的舅父拉班牧羊的时候——这个雅各是我们圣祖亚伯兰的后裔，他的聪明的母亲设计使他做第三代的族长。是的，他是第三代——

安东尼奥　为什么说起他呢？他也是取利息的吗？

夏洛克　不，不是取利息，不是像你们所说的那样直接取利息。听好雅各用了些什么手段：拉班跟他约定，生下来的小羊凡是有条纹斑点的，都归雅各所有，作为他牧羊的酬劳；到晚秋的时候，那些母羊因为淫情发动，跟公羊交合，这个狡狯的牧人就乘着这些毛畜正在进行传种工作的当儿，削好了几根木棒，插在丰腰肥美的母羊面前，它们这样怀了孕，一到生产的时候，产下的小羊都是有斑纹的，所以都归雅各所有⑥。这是致富的妙法，上帝也祝福他；只要不是偷窃，会打算盘总是好事。

安东尼奥　雅各虽然幸而获中，可是这也是他按约应得的酬报；上天的意旨成全了他，却不是出于他自己的力量。你提起这件事，是不是要证明取利息是一件好事？还是说金子银子就是你的公羊母羊？

夏洛克　这我倒不能说；我只是叫它像母羊生小羊一样地快快生利息。可是先生，您听我说。

安东尼奥　你听，巴萨尼奥，魔鬼也会引证《圣经》来替自己辩护哩。一个指着神圣的名字做证的恶人，就像一个脸带笑容的奸徒，又像一只外观美好、中心腐烂的苹果。唉，奸伪的表面是多么动人！

夏洛克　三千块钱，这是一笔可观的整数。三个

|||月——一年照十二个月计算——让我看看利钱应该有多少。

安东尼奥 好,夏洛克,我们可不可以仰仗你这一次?

夏洛克 安东尼奥先生,好多次您在交易所里骂我,说我盘剥取利,我总是忍气吞声,耸耸肩膀,没有跟您争辩,因为忍受苦难本来是我们民族的特色。您骂我异教徒、杀人的狗,把唾沫吐在我的犹太长袍上,只因为我用我自己的钱博取几个利息。好,看来现在是您来向我求助了;您跑来见我,您说:"夏洛克,我们要钱用。"您这样对我说。您把唾沫吐在我的胡子上,用您的脚踢我,好像我是您门口的一条野狗一样;现在您却来问我要钱,我应该怎样对您说呢?我要不要这样说:"一条狗会有钱吗?一条恶狗能够借人三千块钱吗?"或者我应不应该弯下身子,像一个奴才似的低声下气,恭恭敬敬地说:"好先生,您在上星期三用唾沫吐在我身上;有一天您用脚踢我;还有一天您骂我是狗;为了报答您这许多恩典,所以我应该借给您这么些钱吗?"

安东尼奥 我巴不得再这样骂你、唾你、踢你。要是你愿意把这钱借给我,不要把它当作借给你的朋友——哪有朋友之间通融几个钱也要斤斤计较地计算利息的道理?——你就把它当作借给你的仇人吧;倘使我失了信用,你尽管拉下脸来照约处罚就是了。

夏洛克 哎哟,瞧您生这么大的气!我愿意跟您交个朋友,得到您的友情;您从前加在我身上的种种羞辱,我愿意完全忘掉;您现在需要多少钱,我愿意如数供给您,而且不要您一个子儿的利息;可是您却不愿意听我说下去。我这完全是一片好心哩。

安东尼奥　这倒果然是一片好心。

夏洛克　我要叫你们看看我到底是不是一片好心。跟我去找一个公证人,就在那儿签好约;我们不妨开个玩笑,在约里载明要是您不能按照约中所规定的条件,在什么日子、什么地点还给我一笔什么数目的钱,就得随我的意思,在您身上的任何部分割下整整一磅白肉作为处罚。

安东尼奥　很好,就这么办吧;我愿意签下这样一张约,还要对人家说这个犹太人的心肠倒不坏呢。

巴萨尼奥　我宁愿安守贫困,不能让你为了我的缘故签这样的约。

安东尼奥　老兄,你怕什么;我决不会受罚的。就在这两个月之内,离签约满期还有一个月,我就可以有九倍于这笔借款的数目进门。

夏洛克　亚伯兰老祖宗啊!瞧这些基督徒因为自己待人刻薄,所以疑心人家对他们不怀好意。请您告诉我,要是他到期不还,我照着约上规定的条款向他执行处罚了,那对我又有什么好处?从人身上割下来的一磅肉,它的价值可以比得上一磅羊肉、牛肉或是山羊肉吗?我为了要博得他的好感,所以才向他卖这样一个交情;要是他愿意接受我的条件,很好,否则就算了。千万请你们不要误会我这一番诚意。

安东尼奥　好,夏洛克,我愿意签约。

夏洛克　那么就请您先到公证人的地方等我,告诉他这一份玩笑的契约怎样写法;我马上就去把钱凑起来,还要回到家里去瞧瞧,让一个靠不住的奴才看守着门户,有点放心不下;然后我立刻就来瞧您。

安东尼奥　那么你去吧,善良的犹太人。

夏洛克下

这犹太人快要变作基督徒了,他的心肠变得好多啦。

巴萨尼奥　　我不喜欢口蜜腹剑的人。

安东尼奥　　好了好了,这又有什么要紧?再过两个月,我的船就要回来了。

同下

第二幕
ACT II

ALL THINGS THAT ARE,
ARE WITH MORE SPIRIT CHASED
THAN ENJOY'D.

世间的任何事物,
追求时候的兴致总要比享用时候的兴致浓烈。

第 一 场

贝尔蒙特。鲍西娅家中一室

[喇叭奏花腔]摩洛哥亲王率侍从;鲍西娅、尼莉莎及婢仆等同上

摩洛哥亲王 不要因为我的肤色而憎厌我;我是骄阳的近邻,我这一身黝黑的制服,便是它的威焰的赐予。给我在终年不见阳光、冰山雪柱的极北找一个最白皙姣好的人来,让我们刺血察验对您的爱情,看看究竟是他的血红还是我的血红。我

告诉你，小姐，我这副容貌曾经吓破了勇士的肝胆；凭着我的爱情起誓，我们国土里最有声誉的少女也曾为它害过相思。我不愿变更我的肤色，除非为了取得您的欢心，我的温柔的女王！

鲍西娅　讲到选择这一件事，我倒并不单单凭信一双善于挑剔的少女的眼睛；而且我的命运由抽签决定，自己也没有任意取舍的权力；可是我的父亲倘不曾用他的远见把我束缚住，使我只能委身于按照他所规定的方法赢得我的男子，那么您，声名卓著的王子，您的容貌在我的心目之中，并不比我所已经看到的那些求婚者有什么逊色。

摩洛哥亲王　单是您这一番美意，已经使我万分感激了；所以请您带我去瞧瞧那几个匣子，试一试我的命运吧。凭着这一柄曾经手刃波斯王并且使一个三次战败苏里曼苏丹的波斯王子授首的宝剑起誓，我要瞪眼吓退世间最狰狞的猛汉,跟全世界最勇武的壮士比赛胆量,从母熊的胸前夺下哺乳的小熊;当一头饿狮咆哮攫食的时候,我要向它挪揄侮弄,为了要博得你的垂青,小姐。可是唉!即使像赫拉克勒斯那样的盖世英雄,要是跟他的奴仆赌起骰子来,也许他的运气还不如一个下贱之人——而赫拉克勒斯终于在他的奴仆的手里送了命。我现在盲目地听从着命运的指挥,也许结果终于失望,眼看着一个不如我的人把我的意中人挟走,而自己在悲哀中死去。

鲍西娅 您必须信任命运,或者死了心放弃选择的尝试,或者当您开始选择以前,先立下一个誓言,要是选得不对,终身不再向任何女子求婚;所以还是请您考虑考虑吧。

摩洛哥亲王 我的主意已决,不必考虑了;来,带我去试我的运气吧。

鲍西娅　　第一先到教堂里去；吃过了饭，您就可以试试您的命运。

摩洛哥亲王　　好，成功失败，在此一举！正是：不挟美人归，壮士无颜色。

[奏喇叭]众下

第 二 场

威尼斯。街道

朗斯洛特·高波上

朗斯洛特 要是我从我的主人这个犹太人的家里逃走,我的良心是一定要责备我的。可是魔鬼拉着我的臂膀,引诱着我,对我说:"高波,朗斯洛特·高波,好朗斯洛特,拔起你的腿来,开步,走!"我的良心说:"不,留心,老实的朗斯洛特;留心,老实的高波。"或者就是这么说:"老实的朗斯洛特·高波,别逃跑;用你的脚跟把逃跑的念头踢得远远的。"好,那个大胆的魔鬼却劝我卷起铺盖滚蛋;"去呀!"魔鬼说,"去呀!看在老天的面上,鼓起勇气来,跑吧!"好,我的良心挽住我心里的脖子,很聪明地对我说:"朗斯洛特,我的老实朋友,你是一个老实人的儿子,"——或者还不如说一个老实妇人的儿子,因为我的父亲的确有点儿不大那个,有点儿很丢脸的坏脾气——好,我的良心说:"朗斯洛特,别动!"魔鬼说:"动!"我的良心说:"别动!""良心,"我说,"你说得不错。""魔鬼,"我说,"你说得有理。"要是听良心的话,我就应该留在我的主人那犹太人家里,上帝恕我这样说,他也是一个魔鬼;要是从犹太人的地方逃走,那么我就要听从魔鬼的话,对不住,他本身就是魔鬼。可是我说，那犹太人一定就是魔鬼的化身；凭良心说话，我的良心劝我留在犹太人那地方，未免良心太狠。还是魔鬼的话说得像个朋友。我要跑，魔鬼；我的脚跟听从着你的指挥；我一定要逃跑。

老高波携篮上

老高波 年轻的先生，请问一声，到犹太老爷的家里怎么走？

朗斯洛特 [旁白]天啊！这是我的亲生父亲，他的眼睛因为有八九分盲，所以不认识我。待我戏弄他一下。

老高波 年轻的少爷先生，请问一声，到犹太老爷的家里怎么走？

朗斯洛特 你在转下一个弯的时候，往右手转过去；临了一次转弯的时候，往左手转过去；再下一次转弯的时候，什么手也不用转，曲曲弯弯地转下去，就转到那犹太人的家里了。

老高波 哎哟，这条路可不容易走哩！您知道不

|||知道有一个住在他家里的朗斯洛特,现在还在不在他家里?

朗斯洛特　你说的是朗斯洛特少爷吗? [旁白] 瞧着我吧,现在我要诱他流起眼泪来了。——你说的是朗斯洛特少爷吗?

老高波　不是什么少爷,先生,他是一个穷人的儿子;他的父亲,不是我说一句,是个老老实实的穷光蛋,多谢上帝,他还活得好好的。

朗斯洛特　好,不要管他的父亲是个什么人,咱们讲的是朗斯洛特少爷。

老高波　他是少爷您的朋友,他就叫朗斯洛特。

朗斯洛特　对不住,老人家,所以我要问你,你说的是朗斯洛特少爷吗?

老高波　是朗斯洛特,少爷。

朗斯洛特　所以就是朗斯洛特少爷。老人家,你别提起朗斯洛特少爷啦;因为这位年轻的少爷,根据天命气数鬼神这一类阴阳怪气的说法,已经去世啦,或者说得明白一点，已经归天啦。

老高波　哎哟，天哪！这孩子是我老年的拐杖，我唯一的靠傍哩。

朗斯洛特　[旁白]我难道像一根棒儿，或是一根柱子？一根拐杖，还是一件道具？——爸爸，您不认识我吗？

老高波　唉，我不认识您，年轻的少爷；可是请您告诉我，我的孩子——上帝安息他的灵魂！——究竟是活着还是死了？

朗斯洛特　您不认识我吗，爸爸？

老高波　唉，少爷，我是个瞎子；我不认识您。

朗斯洛特　嗷，真的，您就是眼睛明亮，也许还是会不认识我，只有聪明的父亲才会知道自己的儿子。好，老人家，让我告诉您关于您儿子的消息吧。请您给我祝福；真理总会显露出来，杀人的凶手总会给人捉住；儿子虽然会暂时躲过去，事实到最后总是瞒不过的。

老高波　少爷，请您站起来。我相信您一定不会是

	朗斯洛特,我的孩子。
朗斯洛特	废话少说,请您给我祝福:我是朗斯洛特,从前是您的孩子,现在是您的儿子,将来也还是您的小子。
老高波	我不能想象您是我的儿子。
朗斯洛特	那我倒不知道应该怎样想了;可是我的确是在犹太人家里当仆人的朗斯洛特,我也相信您的妻子玛格蕾就是我的母亲。
老高波	她的名字果真是玛格蕾。你倘然真的就是朗斯洛特,那么你就是我的亲生血肉了。上帝果然灵圣!你长了多长的一把胡子啦!你脸上的毛,比我那拖车子的马儿道平②尾巴上的毛还多呐!
朗斯洛特	这样看起来,那么道平的尾巴一定是越长越短了;我还清楚地记得,上一次我看见它的时候,它尾巴上的毛比我脸上的毛多得多哩。
老高波	上帝啊!你真是变了样子啦!你跟主人

合得来吗？我给他带了点儿礼物来。你们现在合得来吗？

朗斯洛特 合得来，合得来；可是从我自己这一方面讲，我既然已经决定逃跑，那么非到跑了一程路之后，我是决不会停下来的。我的主人是个十足的犹太人；给他礼物？还是给他一根上吊的绳子吧。我替他做事情，把身体都饿瘦了；您可以用手数出我的每一根肋骨来。爸爸，您来了我很高兴。把您的礼物送给一位巴萨尼奥大爷吧，他是会赏漂亮的新衣服给用人穿的。我要是不能服侍他，我宁愿跑到地球的尽头去。啊，运气真好！正是他来了。到他跟前去，爸爸。我要是再继续服侍这个犹太人，连我自己都要变作犹太人了。

巴萨尼奥率里奥那多及其他侍从上

巴萨尼奥 你们就这样做吧，可是要赶快点儿，晚饭顶迟必须在五点钟预备好。这几封信替我分别送出;叫裁缝把制服做上;回头再请葛莱西安诺立刻到我寓所里来。

一仆人下

朗斯洛特	上去,爸爸。
老高波	上帝保佑大爷!
巴萨尼奥	谢谢你,有什么事?
老高波	大爷,这一个是我的儿子,一个苦命的孩子——
朗斯洛特	不是苦命的孩子,大爷,我是犹太富翁的跟班,不瞒大爷说,我想要——我的父亲可以给我证明——
老高波	大爷,正像人家说的,他一心一意地想要侍候——
朗斯洛特	总而言之一句话,我本来是侍候那个犹太人的,可是我很想要——我的父亲可以给我证明——
老高波	不瞒大爷说,他的主人跟他有点儿意见不合——

朗斯洛特 干脆一句话,实实在在说,这犹太人欺侮了我,他叫我——我的父亲是个老头子,我希望他可以替我向您证明——

老高波 我这儿有一盘烹好的鸽子送给大爷,我要请求大爷一件事——

朗斯洛特 废话少说,这请求是关于我的事情,这位老实的老人家可以告诉您;不是我说一句,我这父亲虽然是个老头子,却是个苦人儿。

巴萨尼奥 让一个人说话。你们究竟要什么?

朗斯洛特 侍候您,大爷。

老高波 正是这一件事,大爷。

巴萨尼奥 我认识你;我可以答应你的要求;你的主人夏洛克今天曾经向我说起,要把你举荐给我。可是你不去侍候一个有钱的犹太人,反要来做一个穷绅士的跟班,恐怕没有什么好处吧。

朗斯洛特 大爷,一句老古话刚好说着我的主人夏洛克跟您:他有的是钱,您有的是上帝

	的恩惠。
巴萨尼奥	你说得很好。老人家,你带着你的儿子,先去向他的旧主人告别,然后再来打听我的住址。[向侍从]给他做一身比别人格外鲜艳一点的制服,不可有误。
朗斯洛特	爸爸,进去吧。我不能得到一个好差使吗?我生了嘴不会说话吗?好,[视手掌]在意大利要是有谁生得一手比我还好的掌纹,一定会交好运的。好,这儿是一条笔直的寿命线;这儿有不多几个老婆;唉!十五个老婆算得什么,十一个寡妇,再加上九个黄花闺女,对于一个男人也不算太多啊。还要三次溺水不死,有一次几乎在一张天鹅绒的床边送了性命,好险呀好险!好,要是命运之神是个女的,这一回她倒是个很好的娘儿。爸爸,来,我要用一眨眼的工夫向那犹太人告别。

朗斯洛特及老高波下

巴萨尼奥	好里奥那多，请你记好，这些东西买到以后，把它们安排停当，就赶紧回来，因为我今晚要宴请我的最有名望的相识；快去吧。
里奥那多	我一定给您尽力办去。

葛莱西安诺上

葛莱西安诺	你家主人呢？
里奥那多	他就在那边走着，先生。

下

葛莱西安诺	巴萨尼奥大爷！
巴萨尼奥	葛莱西安诺！
葛莱西安诺	我要向您提出一个要求。
巴萨尼奥	我答应你。
葛莱西安诺	您不能拒绝我；我一定要跟您到贝尔蒙特去。
巴萨尼奥	啊，那么我只好让你去了。可是听着，葛莱西安诺，你这个人太随便，太不拘礼节，太爱高声说话了；这几点本来对于你是再合适不过的，在我们的眼睛里

也不以为嫌，可是在陌生人家里，那就好像有点儿放肆啦。请你千万留心在你的活泼的天性里尽力放进几分冷静去，否则人家见了你这样狂放的行为，也许会对我发生误会，害我不能达到我的希望。

葛莱西安诺 巴萨尼奥大爷，听我说。我一定会装出一副安详的态度，说起话来恭而敬之，难得赌一两句咒，口袋里放一本祈祷书，脸孔上堆满了庄严；不但如此，在念食前祈祷的时候，我还要把帽子拉下来遮住我的眼睛，叹一口气，说一句"阿门"；我一定遵守一切礼仪，就像人家有意装得循规蹈矩去讨他老祖母的欢喜一样。要是我不照这样去做的话，您以后不用相信我好了。

巴萨尼奥 好，我们倒要瞧瞧你装得像不像。

葛莱西安诺 今天晚上可不算；您不能按照我今天晚上的行动来判断我。

巴萨尼奥 不,今天晚上就这样做,那未免太煞风景了。我倒要请你今天晚上痛痛快快地欢畅一下,因为我已经跟几个朋友约定,大家都要尽兴狂欢。现在我还有点事情,等会儿见。

葛莱西安诺 我也要去找罗兰佐,还有那些人;晚饭的时候我们一定来看您。

各下

第 三 场

同前。夏洛克家中一室

杰西卡及朗斯洛特上

杰西卡　你这样离开我的父亲，使我很不高兴；我们这个家是一座地狱，幸亏有你这淘气的小鬼，多少解除了几分闷气。可是再会吧，朗斯洛特，这一块钱你且拿了去；你在晚饭的时候，可以看见一位叫作罗兰佐的，是你新主人的客人，这封信你替我交给他，留心别让旁人看见。现在你快去吧，我不敢让我的父亲

	瞧见我跟你谈话。
朗斯洛特	再见!眼泪哽住了我的舌头。顶美丽的异教徒,顶温柔的犹太人!要不是有个基督徒来把你拐跑,就算我有眼无珠。再会吧!这些傻气的泪点快要把我的男子气概都淹没啦。再见!
杰西卡	再见,好朗斯洛特。

朗斯洛特下

唉,我真是罪恶深重,竟会羞于做我父亲的孩子!可是虽然我在血统上是他的女儿,在行为上却不是他的女儿。罗兰佐啊!你要是能够守信不渝,我将结束我内心的冲突,皈依基督教,做你的亲爱的妻子。

下

第 四 场

同前。街道

葛莱西安诺、罗兰佐、
萨拉里诺及萨莱尼奥同上

罗兰佐 不,咱们就在吃晚饭的时候溜出去,在我的寓所里化装好了,只消一点钟工夫就可以把事情办好回来。

葛莱西安诺 咱们还没有好好准备呢。

萨拉里诺 咱们还没有提到过拿火炬的人。

萨莱尼奥 那一定要经过一番训练,否则叫人瞧着笑话;依我看来,还是不用了吧。

罗兰佐　　现在还不过四点钟；咱们还有两个钟头可以准备起来。

朗斯洛特持函上

罗兰佐　　朗斯洛特朋友，你带什么消息来了？

朗斯洛特　请您把这封信拆开来，好像它会告诉您。

罗兰佐　　我认识这笔迹；这几个字写得真好看；写这封信的那双手，是比这信纸还要洁白的。

葛莱西安诺　一定是情书。

朗斯洛特　大爷，小的告辞了。

罗兰佐　　你还要到哪儿去？

朗斯洛特　呃，大爷，我要去请我的旧主人犹太人今天晚上陪我的新主人基督徒吃饭。

罗兰佐　　慢着，这几个钱赏给你；你去回复温柔的杰西卡，我不会误她的约；留心说话的时候别给旁人听见。去吧。

　　　　　　　　　　　　朗斯洛特下

各位，你们愿意去准备今天晚上的假面舞会吗？我已经有一个拿火炬的人了。

萨拉里诺	是,我立刻就去准备起来。
萨莱尼奥	我也就去。
罗兰佐	再过一点钟左右,咱们大家在葛莱西安诺的寓所里相会。
萨拉里诺	很好。

萨拉里诺、萨莱尼奥同下

葛莱西安诺	那封信不是杰西卡写给你的吗?
罗兰佐	我必须把一切都告诉你。她已经教我怎样带着她逃出她父亲的家,告诉我她随身带了多少金银珠宝,已经准备好怎样一身小童的服装。要是她父亲那个犹太人有一天会上天堂,那一定是因为上帝看在他善良的女儿面上特别开恩;噩运再也不敢侵犯她,除非因为她的父亲是一个奸诈的犹太人。来,跟我一块儿去;你可以一边走一边读这封信。美丽的杰西卡将要替我拿着火炬。

同下

第 五 场

同前。夏洛克家门前

夏洛克及朗斯洛特上

夏洛克 好,你就可以知道,你就可以亲眼瞧瞧夏洛克老头子跟巴萨尼奥有什么不同啦。——喂,杰西卡!——我家里容得你狼吞虎咽,别人家里是不许你这样放肆的——喂,杰西卡!——我家里还让你睡觉打鼾,把衣服胡乱撕破——喂,杰西卡!

朗斯洛特 喂,杰西卡!

夏洛克　　　谁叫你喊的？我没有叫你喊呀。

朗斯洛特　　您老人家不是常常怪我一定要等人家吩咐了才做事吗？

杰西卡上

杰西卡　　　您叫我吗？有什么吩咐？

夏洛克　　　杰西卡，人家请我去吃晚饭；这儿是我的钥匙，你好生收管着。可是我去干吗呢？人家又不是真心邀请我，他们不过拍拍我的马屁而已。可是我因为恨他们，倒要去这一趟，受用受用这个浪子基督徒的酒食。杰西卡，我的孩子，留心照看门户。我实在有点不愿意去；昨天晚上我做梦看见钱袋，恐怕不是个吉兆，叫我心神难安。

朗斯洛特　　老爷，请您一定去；我家少爷在等着您赏光呢。

夏洛克　　　我也在等着他赏我一记耳光哩。

朗斯洛特　　他们已经商量好了；我并不是说您可以看到一场假面舞会，可是您要是果然看到了，那就怪不得我在上一个黑曜日[8]早上六点钟又流起鼻血来啦，那一年正是我在圣灰节星期三下午流鼻血后的第四年。

夏洛克　怎么！还有假面舞会吗？听好，杰西卡，把家里的门锁上；听见鼓声和弯笛子的怪叫声音，不许爬到窗格子上张望，也不要伸出头去，瞧那些脸上涂得花花绿绿的傻基督徒打街道上走过。把我这屋子的耳朵都封起来——我说的是那些窗子；别让那些无聊的胡闹的声音钻进我的清静的屋子。凭着雅各的牧羊杖发誓，我今晚真有点不想出去参加什么宴会。可是就去这一次吧。小子，你先回去，说我就来了。

朗斯洛特　那么我先去了，老爷。小姐，留心看好窗外。"跑来一个基督徒，不要错过好姻缘。"

下

夏洛克 嘿,那个夏甲①的傻瓜后裔说些什么?

杰西卡 没有说什么,他只是说:"再会,小姐。"

夏洛克 这蠢材人倒还好,就是食量太大;做起事来慢腾腾的,像只蜗牛一般;白天睡觉的本领比野猫还胜过几分;我家里可容不得懒惰的黄蜂,所以才打发他走了,让他去跟着那个靠借债过日子的败家精,正好帮他消费。好,杰西卡,进去吧;也许我一会儿就回来。记住我的话,把门随手关了。"缚得牢,跑不了",这是一句千古不磨的至理名言。

下

杰西卡 再会;要是我的命运不跟我作梗,那么我将要失去一个父亲,你也要失去一个女儿了。

下

第 六 场

同前

葛莱西安诺及萨拉里诺戴假面同上

葛莱西安诺 这儿屋檐下便是罗兰佐叫我们守望的地方。

萨拉里诺 他约定的时间快要过去了。

葛莱西安诺 他会迟到真是件怪事,因为恋人们总是赶在时钟的前面的。

萨拉里诺 啊!维纳斯的鸽子飞去缔结新欢的盟约,比之履行旧日的诺言,总是要快上十倍。

葛莱西安诺 那是一定的道理。谁在席终人散以后,他的食欲还像初入座的时候那么强烈?哪一匹马在冗长的归途上,会像它起程时那么长驱疾驰?世间的任何事物,追求时候的兴致总要比享用时候的兴致浓烈。一艘新下水的船只扬帆出港的当儿,多么像一个娇养的少年,给那轻狂的风儿爱抚搂抱!可是等到它回来的时候,船身已遭风日的侵蚀,船帆也变成了百结的破衲,它又多么像一个落魄的浪子,给那轻狂的风儿肆意欺凌!

萨拉里诺 罗兰佐来啦;这些话你留着以后再说吧。

罗兰佐上

罗兰佐 两位好朋友,累你们久等了,对不起得很;实在是因为我有点事情,急切里抽身不出。等你们将来也要偷妻子的时候,我一定也替你们守这些时候。过来，这儿就是我的犹太岳父所住的地方。喂！里面有人吗？

杰西卡男装自上方上

杰西卡 你是哪一个？我虽然认识你的声音，可是为了免得错认人，请你把名字告诉我。

罗兰佐 我是罗兰佐，你的爱人。

杰西卡 你果然是罗兰佐，也的确是我的爱人；除了你，谁会使我爱得这个样子呢？罗兰佐，除了你之外，谁还知道我究竟是不是属于你的呢？

罗兰佐 上天和你的思想都可以证明你是属于我的。

杰西卡 来，把这匣子接住了，你拿了去会大有好处。幸亏在夜里，你瞧不见我，我改扮成这个怪样子，怪不好意思哩。可是恋爱是盲目的，恋人们瞧不见他们自己所干的傻事；要是他们瞧得见的话，那么丘比特瞧见我变成了一个男孩子，也会红起脸来哩。

罗兰佐　　　下来吧，你必须替我拿着火炬。

杰西卡　　　怎么！我必须拿着烛火，照亮自己的羞耻吗？像我这样子已经太轻狂了，应该遮掩遮掩才是，怎么反而要在别人面前露脸？

罗兰佐　　　亲爱的，你穿上这一身漂亮的男孩子衣服，人家不会认出你来的。快来吧，夜色已经在不知不觉中浓了起来，巴萨尼奥在等着我们去赴宴呢。

杰西卡　　　让我把门窗关好，再收拾些银钱带在身边，然后立刻就来。

自上方下

葛莱西安诺　　凭着我的头巾发誓，她真是个基督徒，不是个犹太人。

罗兰佐　　　我从心底里爱着她。要是我有判断的能力，那么她是聪明的；要是我的眼睛没有欺骗我，那么她是美貌的；她已经替自己证明她是忠诚的；像她这样又聪明、又美丽、又忠诚，怎么不叫我把她永远放在自己的灵魂里呢?

杰西卡上

罗兰佐 啊,你来了吗?朋友们,走吧!我们的舞伴们现在一定在那儿等着我们了。

罗兰佐、杰西卡、萨拉里诺同下

安东尼奥上

安东尼奥 那边是谁?

葛莱西安诺 安东尼奥先生!

安东尼奥 咦,葛莱西安诺!还有那些人呢?现在已经九点钟啦,我们的朋友们在那儿等着你们。今天晚上的假面舞会取消了;风势已转,巴萨尼奥就要立刻上船。我已经差了二十个人来找你们了。

葛莱西安诺 那好极了;我巴不得今天晚上就开船出发。

同下

第 七 场

贝尔蒙特。鲍西娅家中一室

[喇叭奏花腔]鲍西娅及摩洛哥亲王各率侍从上

鲍西娅 去把帐幕揭开,让这位尊贵的王子瞧瞧那几个匣子。现在请殿下自己选择吧。

摩洛哥亲王 第一只匣子是金的,上面刻着这几个字:"谁选择了我,将要得到众人所希求的东西。"第二只匣子是银的,上面刻着这样的约许:"谁选择了我,将要得到他所应得的东西。"第三只匣子是用沉

　　　　　　　重的铅打成的,上面刻着像铅一样冷
　　　　　　　酷的警告:"谁选择了我,必须准备把
　　　　　　　他所有的一切作为牺牲。"我怎么可以
　　　　　　　知道我选得错不错呢?
鲍西娅　　　这三只匣子中间,有一只里面藏着我的
　　　　　　　小像;您要是选中了那一只,我就是属
　　　　　　　于您的了。
摩洛哥亲王　求神明指示我!让我看;我且先把匣子
　　　　　　　上面刻着的字句再推敲一遍。这一个
　　　　　　　铅匣子上面说些什么?"谁选择了我,
　　　　　　　必须准备把他所有的一切作为牺牲。"
　　　　　　　必须准备牺牲;为什么?为了铅吗?
　　　　　　　为了铅而牺牲一切吗?这匣子说的话
　　　　　　　儿倒有些吓人。人们为了希望得到重
　　　　　　　大的利益,才会不惜牺牲一切;一颗贵
　　　　　　　重的心,决不会屈躬俯就鄙贱的外表;
　　　　　　　我不愿为了铅的缘故而作任何的牺
　　　　　　　牲。那个色泽皎洁的银匣子上面说些
　　　　　　　什么?"谁选择了我,将要得到他所

应得的东西。"得到他所应得的东西！且慢，摩洛哥，把你自己的价值做一下公正的估计吧。照你自己判断起来，你应该得到很高的评价，可是也许凭着你这几分长处，还不配娶到这样一位小姐；然而我要是疑心我自己不够资格，那未免太小看自己了。得到我所应得的东西！那当然就是指这位小姐而说的；讲到家世、财产、人品、教养，我在哪一点上配不上她？可是超乎这一切之上，凭着我这一片深情，也就应该配得上她了。那么我不必迟疑，就选这一个匣子吧。让我再瞧瞧那金匣子上说了些什么话："谁选择了我，将要得到众人所希求的东西。"啊，那正是这位小姐了；整个儿世界都希求着她，他们从地球的四角迢迢而来，顶礼这位尘世的仙真：希尔卡尼亚的沙漠和阿拉伯的辽阔的荒野，现在已经成为各国王子们前来瞻仰美貌的鲍西娅的通衢大道；把唾沫吐在天庭面上的傲慢不逊的海洋，也不能阻止外邦的远客，他们越过汹涌的波涛，就像跨过一条小河一样，为了要看一看鲍西娅的绝世姿容。在这三只匣子中间，有一只里面藏着她的天仙似的小像。难道那铅匣子里会藏着她吗？想起这样一个卑劣的思想，就是一种亵渎；就算这是个黑暗的坟，里面放的是她的寿衣，也都嫌罪过。那么她是会藏在那价值只及纯金十分之一的银匣子里面吗？啊，罪恶的思想！这样一颗珍贵的珠宝，决不会装在比金子低贱的匣子里。英国有一种金子铸成的钱币，表面上刻着天使的形象；这儿的天使，拿金子做床，却躲在黑暗里。把钥匙交给我；我已经选定了，但愿我的希望能够实现！

鲍西娅	亲王,请您拿着这钥匙;要是这里边有我的小像,我就是您的了。[摩洛哥亲王开金匣]
摩洛哥亲王	哎哟,该死!这是什么?一个死人的骷髅,那空空的眼眶里藏着一张有字的纸卷。让我读一读上面写着什么。

> 发闪光的不全是黄金,
> 古人的说话没有骗人;
> 多少世人出卖了一生,
> 不过看到了我的外形,
> 蛆虫占据着镀金的坟。
> 你要是又大胆又聪明,
> 手脚壮健,见识却老成,
> 就不会得到这样回音:
> 再见,劝你冷却这片心。

冷却这片心;真的是枉费辛劳!
永别了,热情!欢迎,凛冽的寒飙!
再见,鲍西娅;悲伤塞满了心胸,
莫怪我这败军之将去得匆匆。

　　　　　　　　　　　　率侍从下［喇叭奏花腔］

鲍西娅　他去得倒还知趣。把帐幕拉下。但愿像他一样肤色的人，都像他一样选不中。

　　　　　　　　　　　　　　　　　　同下

第 八 场

威尼斯。街道

萨拉里诺及萨莱尼奥上

萨拉里诺　啊,朋友,我看见巴萨尼奥开船,葛莱西安诺也跟他同船去;我相信罗兰佐一定不在他们船里。

萨莱尼奥　那个恶犹太人大呼小叫地吵到公爵那儿去,公爵已经跟着他去搜巴萨尼奥的船了。

萨拉里诺　他去迟了一步,船已经开出。可是有人告诉公爵,说他们曾经看见罗兰佐跟他

	多情的杰西卡在一艘平底船里；而且安东尼奥也向公爵证明他们并不在巴萨尼奥的船上。
萨莱尼奥	那犹太狗像发疯似的，样子都变了，在街上一路乱叫乱跳乱喊："我的女儿！啊，我的银钱！啊，我的女儿！跟一个基督徒逃走啦！啊，我的基督徒的银钱！公道啊！法律啊！我的银钱，我的女儿！一袋封好的、两袋封好的银钱，给我的女儿偷去了！还有珠宝！两颗宝石，两颗珍贵的宝石，都给我的女儿偷去了！公道啊！把那女孩子找出来！她身边带着宝石，还有银钱。"
萨拉里诺	威尼斯城里所有的小孩子都跟在他背后，喊着：他的宝石呀，他的女儿呀，他的银钱呀。
萨莱尼奥	安东尼奥应该留心那笔债款不要误了期，否则他要在他身上报复的。

萨拉里诺 对了,你想起得不错。昨天我跟一个法国人谈天,他对我说起,在英、法二国之间的狭隘的海面上,有一艘从咱们国里开出去的满载着货物的船只出事了。我一听见这句话,就想起安东尼奥,但愿那艘船不是他的才好。

萨莱尼奥 你最好把你听见的消息告诉安东尼奥;可是你要轻描淡写地说,免得害他着急。

萨拉里诺 世上没有一个比他更仁厚的君子。我看见巴萨尼奥跟安东尼奥分别,巴萨尼奥对他说自己一定尽早回来,他就回答说:"不必,巴萨尼奥,不要为了我的缘故而误了你的正事,你等到一切事情圆满完成以后再回来吧;至于我在那犹太人那里签下的约,你不必放在心上,你只管高高兴兴、一心一意地进行着你的好事,施展你的全副精神,去博得美人的欢心吧。"说到这里,他的眼睛里已经噙着一包眼泪,他回转身

	去,把他的手伸到背后,亲亲热热地握着巴萨尼奥的手;他们就这样分别了。
萨莱尼奥	我看他只是为了他的缘故才爱这世界的。咱们现在就去找他,想些开心的事儿替他解解愁闷,你看好不好?
萨拉里诺	很好,很好。

同下

第 九 场

贝尔蒙特。鲍西娅家中一室

尼莉莎及一仆人上

尼莉莎 赶快,赶快,扯开那帐幕;阿拉贡亲王已经宣过誓,就要来选匣子啦。

[喇叭奏花腔]阿拉贡亲王及

鲍西娅各率侍从上

鲍西娅 瞧,尊贵的王子,那三个匣子就在这儿;您要是选中了有我的小像藏在里头的那一只,我们就可以立刻举行婚礼;可是您要是失败了的话,那么殿下,不必多言,您必须立刻离开这儿。

阿拉贡亲王 我已经宣誓遵守三项条件:第一,不得告诉任何人我所选的是哪一只匣子;第二,要是我选错了匣子,终身不得再向任何女子求婚;第三,要是我选不中,必须立刻离开此地。

鲍西娅 为了我这微贱的身子来此冒险的人,没有一个不曾立誓遵守这几个条件。

阿拉贡亲王 我已经有所准备了。但愿命运满足我的心愿!一只是金的,一只是银的,还有一只是下贱的铅的。"谁选择了我,必须准备把他所有的一切作为牺牲。"你要我为你牺牲,应该再好看一点才是。那个金匣子上面说的什么?哈!让我来看吧:"谁选择了我,将要得到众人所希求的东西。"众人所希求的东西!那"众人"也许是指那无知的群众,他们只知道凭着外表取人,信赖着一双愚妄的眼睛,不知道窥察到内心,就像燕子把巢筑在风吹雨淋的屋外的墙壁上,自以为可保万全,没想到灾祸就会接踵而至。我不愿选择众人所希求的东西,因为我不愿随波逐流,与庸俗的群众为伍。那么还是让我瞧瞧你吧,你这白银的宝库;待我再看一遍刻在你上面的字句:"谁选择了我,将要得到他所应得的东西。"说得好,一个人要是自己没有几分长处,怎么可以妄图非分?尊荣显贵,原来不是无德之人所可以忝窃的。唉!要是世间的爵禄官职都能够因功授赏,不藉钻营,那么多少脱帽侍立的人将会高冠盛服,多少发号施令的人将会唯唯听命,多少卑劣鄙贱的渣滓可以从高贵的种子中间筛分出来,多少隐而不彰的贤才异能可以从世俗的糠粃中间剔选出来,大放它们的光泽!闲话少说,还是让我考虑考虑怎样选择吧。"谁选择了我,

	将要得到他所应得的东西。"那么我就要取我所应得的东西了。把这匣子上的钥匙给我，让我立刻打开藏在这里面的我的命运。[开银匣]
鲍西娅	您在这里面瞧见了些什么？怎么呆住了，一声也不响？
阿拉贡亲王	这是什么？一个眯着眼睛的傻瓜的画像，上面还写着字句！让我读一下看。唉！你跟鲍西娅相去得多么远！你跟我的希望，跟我所应得的东西又相去得多么远！"谁选择了我，将要得到他所应得的东西。"难道我只应该得到一副傻瓜的嘴脸吗？那便是我的奖品吗？我不该得到好一点的东西吗？
鲍西娅	毁谤和评判，是两件作用不同、性质相反的事。
阿拉贡亲王	这儿写着什么？

> 这银子在火里烧过七遍；
>
> 那永远不会错误的判断，

也必须经过七次的试炼。

有的人终身向幻影追逐,

只好在幻影里寻求满足。

我知道世上尽有些呆鸟,

空有着一个镀银的外表;

随你娶一个怎样的妻房,

摆脱不了这傻瓜的皮囊;

去吧,先生,莫再耽搁时光!

我要是再留在这儿发呆,

愈显得是个十足的蠢材;

顶一颗傻脑袋来此求婚,

带两个蠢头颅回转家门。

别了,美人,我愿遵守誓言,

默忍着心头愤怒的熬煎。

　　　　　阿拉贡亲王率侍从下

鲍西娅　正像飞蛾在烛火里伤身,

　　　　这些傻瓜自恃着聪明,

　　　　免不了被聪明误了前程。

尼莉莎　古话说得好,上吊娶媳妇,

都是一个人注定的天数。

鲍西娅　来,尼莉莎,把帐幕拉下。

一仆人上

仆人　小姐呢?

鲍西娅　在这儿;尊驾有什么见教?

仆人　小姐,门口有一个年轻的威尼斯人,说是来通知一声,他的主人就要来啦;他说他的主人叫他先来向小姐致意,除了一大堆恭维的客套以外,还带来了几件很贵重的礼物。小的从来没有见过这么一位体面的爱神的使者;预报繁茂的夏季快要来临的四月的天气,也不及这个为主人先驱的俊仆温雅。

鲍西娅　请你别说下去了吧;你把他称赞得这样天花乱坠,我怕你就要说他是你的亲戚了。来,来,尼莉莎,我倒很想瞧瞧这一位爱神差来的体面的使者。

尼莉莎　爱神啊,但愿来的是巴萨尼奥!

同下

第三幕
ACT III

SO MAY THE OUTWARD SHOWS
BE LEAST THEMSELVES;
THE WORLD IS STILL DECEIVED
WITH ORNAMENT.

外观往往和事物的本身完全不符,
世人却容易为表面的装饰所欺骗。

第 一 场

威尼斯。街道

萨莱尼奥及萨拉里诺上

萨莱尼奥　交易所里有什么消息?

萨拉里诺　他们都在那里说安东尼奥有一艘满装着货物的船在海峡里倾覆了;那地方的名字好像是古德温,是一处很危险的沙滩,听说有许多大船的残骸埋葬在那里,要是那些传闻之辞确实可靠的话。

萨莱尼奥　我但愿那些谣言就像那些吃饱了饭没事做、嚼嚼生姜或者一把鼻涕一把眼泪地假装为了她第三个丈夫死去而痛哭的那些婆子所说的鬼话一样靠不住。可是那的确是事实——不说啰里啰唆的废话,也不说枝枝节节的闲话——这位善良的安东尼奥,正直的安东尼奥——啊,我希望我有一个可以充分形容他的好处的字眼!——

萨拉里诺　好了好了,别说下去了吧。

萨莱尼奥　嘿!你说什么!总归一句话,他损失了一艘船。

萨拉里诺　但愿这是他最末一次的损失。

萨莱尼奥　让我赶快喊"阿门",免得给魔鬼打断了我的祷告,因为他已经扮成一个犹太人的样子来啦。

夏洛克上

萨莱尼奥　啊,夏洛克!商人中间有什么消息?

夏洛克　有什么消息!我的女儿逃走啦,这件事情是你比谁都格外知道得详细的。

萨拉里诺　那当然啦,就是我也知道她飞走的那对

	翅膀是哪一个裁缝替她做的。
萨莱尼奥	夏洛克自己也何尝不知道,她羽毛已长,当然要离开娘家啦。
夏洛克	她干出这种不要脸的事来,死了一定要下地狱。
萨拉里诺	倘然魔鬼做她的判官,那是当然的事情。
夏洛克	我自己的血肉跟我过不去!
萨莱尼奥	说什么,老东西,活到这么大年纪,还跟你自己过不去?
夏洛克	我是说我的女儿是我自己的血肉。
萨拉里诺	你的肉跟她的肉比起来,比黑炭和象牙还差得远;你的血跟她的血比起来,比红葡萄酒和白葡萄酒还差得远。可是告诉我们,你听没听见人家说起安东尼奥在海上遭到了损失?
夏洛克	说起他,又是我的一桩倒霉事情。这个败家精,这个破落户,他不敢在交易所里露一露脸;他平常到市场上来,穿着得多么齐整,现在可变成一个叫花子啦。

让他留心他的借约吧；他老是骂我盘剥取利；让他留心他的借约吧；他是本着基督徒的精神，放债从来不取利息的；让他留心他的借约吧。

萨拉里诺 我相信要是他不能按约偿还借款，你一定不会要他的肉的；那有什么用处呢？

夏洛克 拿来钓鱼也好；即使他的肉不中吃，至少也可以出出我这一口气。他曾经羞辱过我，夺去我几十万块钱的生意，讥笑着我的亏蚀，挖苦着我的盈余，侮蔑我的民族，破坏我的买卖，离间我的朋友，煽动我的仇敌；他的理由是什么？只因为我是一个犹太人。难道犹太人没有眼睛吗？难道犹太人没有五官四肢、没有知觉、没有感情、没有血气吗？他不是吃着同样的食物，同样的武器可以伤害他，同样的医药可以疗治他，冬天同样会冷，夏天同样会热，就像一个基督徒一样吗？你们要是用刀剑刺我们，我们不是也会出血吗？你们要是搔我们的痒，我们不是也会笑起来吗？你们要是用毒药谋害我们，我们不是也会死吗？那么要是你们欺侮了我们，我们难道不会复仇吗？要是在别的地方我们都跟你们一样，那么在这一点上也是彼此相同的。要是一个犹太人欺侮了一个基督徒，那基督徒怎样表现他的谦逊？报仇。要是一个基督徒欺侮了一个犹太人，那么照着基督徒的榜样，犹太人应该怎样表现他的宽容？报仇。你们已经把残虐的手段教给我，我一定会照着你们的教训实行，而且还要加倍奉敬哩。

一仆人上

仆人　　两位先生，我家主人安东尼奥在家里，要请两位过去谈谈。

萨拉里诺　我们正在到处找他呢。

杜伯尔上

萨莱尼奥 又是一个他的族中人来啦；世上再也找不到第三个像他们这样的人，除非魔鬼自己也变成了犹太人。

萨莱尼奥、萨拉里诺及仆人下

夏洛克 啊，杜伯尔！热那亚有什么消息？你有没有找到我的女儿？

杜伯尔 我所到的地方，往往听见人家说起她，可是总找不到她。

夏洛克 哎呀，糟糕！糟糕！糟糕！我在法兰克府出两千块钱买来的那颗金刚钻也丢啦！咒诅到现在才降落到咱们民族头上；我到现在才觉得它的厉害。那一颗金刚钻就是两千块钱，还有别的贵重的珠宝。我希望我的女儿死在我的脚下，那些珠宝都挂在她的耳朵上；我希望她就在我的脚下入土安葬，那些银钱都放在她的棺材里！不知道他们的下落吗？哼，我不知道为了寻访他们,又花去了多少钱。你这你这——损失上再加损失!贼子偷了这么多走了,还要花这么多去寻访贼子,结果仍旧是一无所得,出不了这一口怨气。只有我一个人倒霉,只有我一个人叹气,只有我一个人流眼泪!

杜伯尔 倒霉的不单是你一个人。我在热那亚听人家说,安东尼奥——

夏洛克 什么?什么?什么?他也倒了霉吗?他也倒了霉吗?

杜伯尔 ——有一艘从的黎波里来的大船,在途中触礁。

夏洛克 谢谢上帝!谢谢上帝!是真的吗?是真的吗?

杜伯尔 我曾经跟几个从那船上出险的水手谈过话。

夏洛克 谢谢你,好杜伯尔。好消息,好消息!哈哈!什么地方?在热那亚吗?

杜伯尔 听说你的女儿在热那亚一个晚上花去

夏洛克　　八十块钱。

夏洛克　　你把一把刀戳进我心里！我再也瞧不见我的银子啦！一下子就是八十块钱！八十块钱！

杜伯尔　　有几个安东尼奥的债主跟我同路到威尼斯来，他们肯定地说他这次一定要破产。

夏洛克　　我很高兴。我要摆布摆布他；我要叫他知道些厉害。我很高兴。

杜伯尔　　有个人给我看一个指环，说是你女儿拿它向他买了一只猴子。

夏洛克　　该死，该死！杜伯尔，你提起这件事，真叫我心里难过；那是我的绿玉指环，是我的妻子莉娅在我们没有结婚的时候送给我的；即使人家拿一大群猴子来向我交换，我也不愿把它给人。

杜伯尔　　可是安东尼奥这次一定完了。

夏洛克　　对了，这是真的，一点不错。去，杜伯尔，现在离借约满期还有半个月，你先给我到衙门里走动走动，花费几个钱。要是他愆了约,我要挖出他的心来;只要威尼斯没有他,生意买卖全凭我一句话了。去,去,杜伯尔,咱们在会堂里见面。好杜伯尔,去吧;会堂里再见,杜伯尔。

各下

第 二 场

贝尔蒙特。鲍西娅家中一室

巴萨尼奥、鲍西娅、葛莱西安诺、
尼莉莎及侍从等上

鲍西娅　请您不要太急,停一两天再赌运气吧;因为要是您选得不对,咱们就不能再在一块儿,所以请您暂时缓一下吧。我心里仿佛有一种什么感觉——可是那不是爱情——告诉我,我不愿失去您;您一定也知道,嫌憎是不会向人说这种话的。一个女孩儿家本来不该信口说话，可是唯恐您不懂得我的意思，我真想留您在这儿住上一两个月，然后再让您为我冒险一试。我可以教您怎样选才不会有错；可是这样我就要违反誓言，那是断断不可的；然而那样您也许会选错；要是您选错了，您一定会使我起一个有罪的愿望，懊悔我不该因为不敢背誓而忍心让您失望。顶可恼的是您这一双眼睛，它们已经瞧透了我的心，把我分成两半：半个我是您的，还有那半个我也是您的——不，我的意思是说那半个我是我的，可是既然是我的，也就是您的，所以整个儿的我都是您的。唉！都是这些无聊的世俗礼法，使人们不能享受他们合法的权利；所以我虽然是您的，却又不是您的。要是结果真是这样，造孽的是那命运，不是我。我说得太啰唆了，可是我的目的是要尽量拖延时间，不放您马上就去选择。

巴萨尼奥 让我选吧;我现在这样提心吊胆,才像给人拷问一样受罪呢。

鲍西娅 给人拷问?巴萨尼奥!那么您给我招认出来,在您的爱情之中,隐藏着什么奸谋?

巴萨尼奥 没有什么奸谋,我只是有点怀疑忧惧,但恐我的痴心化为徒劳;奸谋跟我的爱情正像冰和炭一样,是无法相容的。

鲍西娅 嗯,可是我怕你是因为受不住拷问的痛苦,才说这样的话。一个人给绑上了刑床,还不是要他怎样讲就怎样讲?

巴萨尼奥 您要是答应赦我一死,我愿意招认真情。

鲍西娅 好,赦您一死,您招认吧。

巴萨尼奥 "爱"便是我所能招认的一切。多谢我的刑官,您教给我怎样免罪的答话了!可是让我去瞧瞧那几个匣子,试试我的运气吧。

鲍西娅 那么去吧!在那三个匣子中间,有一个里面锁着我的小像；您要是真的爱我，您会把我找出来的。尼莉莎，你跟其余的人都站开些。在他选择的时候，把音乐奏起来，要是他失败了，好让他像天鹅一样在音乐声中死去；把这譬喻说得更确当一些，我的眼睛就是他葬身的清流。也许他会胜利的；那么那音乐又像什么呢？那时候音乐就像忠心的臣子俯伏迎迓新加冕的君王的时候所吹奏的号角，又像是黎明时分送进正在做着好梦的新郎的耳中、催他起来举行婚礼的甜柔的琴韵。现在他去了，他的沉毅的姿态就像年轻的赫拉克勒斯奋身前去，在特洛伊人的呼叫声中，把他们祭献给海怪的处女拯救出来[10]一样，可是他心里却藏着更多的爱情，我站在这儿做牺牲，她们站在旁边，就像泪眼模糊的特洛伊妇女们，出来看这场争斗的结果。去吧，赫拉克勒斯！

我的生命悬在你手里,但愿你安然生还;我这观战的人心中比你这上场作战的人还要惊恐万倍![巴萨尼奥独白时,乐队奏乐唱歌]

歌

告诉我爱情生长在何方?

是在脑海?还是在心房?

它怎样发生?怎样成长?

回答我,回答我。

爱情的火在眼睛里点亮,

凝视是爱情生活的滋养,

它的摇篮便是它的坟堂。

让我们把爱的丧钟鸣响,

叮当!叮当!

叮当!叮当! [众和]

巴萨尼奥　　外观往往和事物的本身完全不符,世人却容易为表面的装饰所欺骗。在法律上,哪一件卑鄙邪恶的陈诉不可以用娓娓动听的言辞掩饰它的罪状?在宗教上,哪一桩罪大罪极的过失不可以引经据典、文过饰非,证明它的确上合天心?任何彰明昭著的罪恶,都可以在外表上装出一副道貌岸然的样子。多少没有胆量的懦夫,他们的心其实软弱得就像下不去脚的流沙,他们的肝如果剖出来看一看,大概比乳汁还要白,可是他们的颊上却长着天神一样威武的须髯,人家只看着他们的外表,也居然就把他们当作英雄一样看待!再看那些世间所谓美貌吧,那是完全靠着脂粉装点出来的,愈是轻浮的女人,所涂的脂粉也愈重;至于那些随风飘扬像蛇一样的金丝鬈发,看上去果然漂亮,却不知道是从坟墓中死人的骷髅上借来的。所以装饰不过是一道把船只诱进凶涛险浪的怒海中去的陷人的海岸,又像是遮掩着一个黑丑蛮女的一道美丽的面幕;总而言之,它是狡诈的世人用来欺诱智士的似是而非的真理。所以，你炫目的黄金、米达斯王的坚硬的食物⑪，我不要你；你惨白的银子，在人们手里来来去去的下贱的奴才，我也不要你；可是你，寒碜的铅，你的形状只能使人退走，一点没有吸引人的力量，然而你的质朴却比巧妙的言辞更能打动我的心，我就选了你吧，但愿结果美满！

鲍西娅 ［旁白］一切纷杂的思绪；多心的疑虑、鲁莽的绝望、战栗的恐惧、酸性的猜忌，多么快地烟消云散了！爱情啊！把你的狂喜节制一下，不要让你的欢乐溢出界限，让你的情绪越过分寸；你使我感觉到太多的幸福，请你把它减轻几分吧，我怕我快要给快乐窒息而死了！

巴萨尼奥 这里面是什么？［开铅匣］美丽的鲍西娅的副本！这是谁的神化之笔，描画出这样一位绝世的美人？这双眼睛是在转动吗？还是因为我的眼球在转动，所以仿佛它们也在随着转动？她的微启的双唇，是因为她嘴里吐出来的甘美芳香的气息而分开的；唯有这样甘美的气息才能分开这样甜蜜的朋友。画师在描画她的头发的时候，一定曾经化身为蜘蛛，织下了这么一个金丝的发网，来诱捉男子们的心；哪一个男子见了它，不会比飞蛾投入蛛网还快地陷入网罗呢？可是她的眼睛！他怎么能够睁着眼睛把它们画出来呢？他在画了一只眼睛以后，我想它的逼人的光芒一定会使他自己目眩神夺，再也描画不成其余的一只。可是，瞧，我用尽一切赞美的字句，还不能充分形容出这一个画中幻影的美妙；然而这幻影跟它的实体比较起来，又是多么望尘莫及！这儿是一纸手卷，宣判着我的命运。

你选择不凭着外表,

果然给你直中鹄心!

胜利既已入你怀抱,

你莫再往别处追寻。

这结果倘使你满意,

就请接受你的幸运,

赶快回转你的身体,

给你的爱深深一吻。

温柔的纶音!美人,请恕我大胆,

[吻鲍西娅]

我奉命来把彼此的深情交换。

像一个夺标的健儿驰骋身手,

耳旁只听见沸腾的人声如吼,

虽然明知道胜利已在他手掌,

却不敢相信人们在向他赞赏。

绝世的美人,我现在神眩目晕,

仿佛闯进了一场离奇的梦境;

除非你亲口证明这一切是真,

我再也不相信我自己的眼睛。

鲍西娅　巴萨尼奥公子,您瞧我站在这儿,不过是这样的一个人。虽然为了我自己的缘故,我不愿妄想自己比现在的我更好一点;可是为了您的缘故,我希望我能够六十倍胜过我的本身,再加上一千倍的美丽、一万倍的富有;我但愿我有无比的贤德、美貌、财产和亲友,好让我在您的心目中占据一个很高的位置。可是我这一身却是一无所有,我只是一个不学无术、没有教养、缺少见识的女子;幸亏她的年纪还不是顶大,来得及发愤学习;她的天资也不是顶笨,可以加以教导;尤其大幸的,她有一颗柔顺的心灵,愿意把它奉献给您,听从您的指导,把您当作她的主人、她的统治者和她的君王。我自己以及我所有的一切,现在都变成您的所有了;刚才我还拥有这一座华丽的大厦,我的仆人都听从着我的指挥,我是支配我自己的女王，可是就在现在，这屋子、这些仆人和这一个我，都是属于您的了，我的夫君。凭着这一个指环，我把这一切完全呈献给您；要是您让这指环离开您的身边，或者把它丢了，或者把它送给别人，那就预示着您的爱情的毁灭，我可以因此责怪您的。

巴萨尼奥　小姐，您使我说不出一句话来，只有我的热血在我的血管里跳动着向您陈诉。我的精神是在一种恍惚的状态中，正像喜悦的群众在听到他们所爱戴的君王的一篇美妙的演辞以后那种心灵眩惑的神情，除了口头的赞叹和内心的欢乐以外，一切的一切都混合起来，化成白茫茫的一片模糊。要是这指环有一天离开这手指，那么我的生命也一定已经终结；那时候您可以放胆地说，巴萨尼奥已经死了。

尼莉莎　姑爷，小姐，我们站在旁边，眼看我们的

	愿望成为事实，现在该让我们来道喜了。恭喜姑爷！恭喜小姐！
葛莱西安诺	巴萨尼奥大爷和我的温柔的夫人，愿你们享受一切的快乐！因为我敢说，你们享尽一切快乐，也剥夺不了我的快乐。我有一个请求：要是你们决定在什么时候举行嘉礼，我也想跟你们一起结婚。
巴萨尼奥	很好，只要你能够找到一个妻子。
葛莱西安诺	谢谢大爷，您已经替我找到一个了。不瞒大爷说，我这一双眼睛瞧起人来，并不比大爷您慢；您瞧见了小姐，我也看中了使女；您发生了爱情，我也发生了爱情。大爷，我的手脚并不比您慢啊。您的命运靠那几个匣子决定，我也是一样；因为我在这儿千求万告，身上的汗出了一身又一身，指天誓日地说到唇干舌燥，才算得到这位好姑娘的一句回音，答应我要是您能够得到她的小姐，我也可以得到她的爱情。

鲍西娅　　这是真的吗,尼莉莎?

尼莉莎　　是真的,小姐,要是您赞成的话。

巴萨尼奥　　葛莱西安诺,你也是出于真心吗?

葛莱西安诺　　是的,大爷。

巴萨尼奥　　我们的喜宴有你们的婚礼添兴,那真是喜上加喜了。

葛莱西安诺　　我们要跟他们打赌一千块钱,看谁先养儿子。

尼莉莎　　什么,还要赌一笔钱?

葛莱西安诺　　不,我们怕是赢不了的,还是不下赌注了吧。可是谁来啦?罗兰佐和他的异教徒吗?什么?!还有我那威尼斯的老朋友萨莱尼奥?

罗兰佐、杰西卡及萨莱尼奥上

巴萨尼奥　　罗兰佐、萨莱尼奥,虽然我也是初履此地,让我僭用着这里主人的名义,欢迎你们的到来。亲爱的鲍西娅,请您允许我接待我这几个同乡朋友。

鲍西娅　　我也竭诚欢迎他们。

| 罗兰佐 | 谢谢。巴萨尼奥大爷,我本来并没有想到要到这儿来看您,因为在路上碰见萨莱尼奥,给他不由分说地硬拉着一块儿来啦。 |

| 萨莱尼奥 | 是我拉他来的,大爷,我是有理由的。安东尼奥先生叫我替他向您致意。 |

[给巴萨尼奥一信]

| 巴萨尼奥 | 在我拆开这信以前,请你告诉我,我的好朋友近来好吗? |

| 萨莱尼奥 | 他没有病,除非有点儿心病;也并不轻松,除非打开了心结。您看了他的信,就可以知道他的近况。 |

| 葛莱西安诺 | 尼莉莎,招待招待那位客人。把你的手给我,萨莱尼奥。威尼斯有些什么消息?那位善良的商人安东尼奥怎样?我知道他听见我们的成功,一定会十分高兴;我们是两个伊阿宋,把金羊毛取来啦。 |

| 萨莱尼奥 | 我希望你们能够把他失去的金羊毛取回 |

鲍西娅	那信里一定有些什么坏消息,巴萨尼奥的脸色都变白了;多半是一个什么好朋友死了,否则不会有别的事情把一个堂堂男子激动成这个样子的。怎么,越来越糟了!恕我冒渎,巴萨尼奥,我是您自身的一半,这封信所带给您的任何不幸的消息,也必须让我分一半去。
巴萨尼奥	啊,亲爱的鲍西娅!这信里所写的,是自有纸墨以来最悲惨的字句。好小姐,当我初次向您倾吐我的爱慕之忱的时候,我坦白地告诉您,我的高贵的家世是我仅有的财产,那时我并没有向您说谎;可是,亲爱的小姐,单单把我说成一个两袖清风的寒士,都没有过分夸张,因为我不但一无所有,而且还负着一身债务;不但欠了我的一个好朋友许多钱,还连累他为了我的缘故,欠了他仇家的钱。这一封信,小姐,那信纸

就像是我朋友的身体，上面的每一个字，都是一处血淋淋的创伤。可是，萨莱尼奥，那是真的吗？难道他的船舶都一起遭难了？竟没有一艘平安到港吗？从的黎波里、墨西哥、英格兰、里斯本、巴巴里和印度来的船只，没有一艘能够逃过那些毁害商船的礁石的可怕撞击吗？

萨莱尼奥 一艘也没有逃过。而且即使他现在有钱还那犹太人，那犹太人也不肯收他的。我从来没有见过这种家伙，样子像人，却一心一意只想残害他的同类；他不分昼夜地向公爵絮叨，说是他们倘不给他主持公道，那么威尼斯根本不能称其为自由城邦。二十个商人、公爵自己，还有那些最有名望的士绅，都曾劝过他，可是谁也不能叫他回心转意，放弃他狠毒的控诉；他一口咬定，要求按照约文的规定，处罚安东尼奥违约。

杰西卡	我在家里的时候,曾经听见他向杜伯尔和丘斯,他的两个同族的人谈起,说他宁可取安东尼奥身上的肉,也不愿收受比他的欠款多二十倍的钱。要是法律和威权不能阻止他,那么可怜的安东尼奥恐怕难逃一死了。
鲍西娅	遭到这样危难的人,是不是您的好朋友?
巴萨尼奥	我的最亲密的朋友,一个心肠最仁慈的人,热心为善,多情尚义,在他身上存留着比任何意大利人更多的古代罗马的侠义精神。
鲍西娅	他欠那犹太人多少钱?
巴萨尼奥	他为了我的缘故,向他借了三千块钱。
鲍西娅	什么,只有这点数目吗?还他六千块钱,把那借约毁了;两倍六千块钱,或者照这数目再翻三倍都可以,可是万万不能因为巴萨尼奥的过失,害这样一位好朋友损伤一根毛发。先和我到教堂里去结为夫妇,然后你就到威尼斯去

看你的朋友；鲍西娅决不让你抱着一颗不安宁的良心睡在她的身旁。你可以带偿还这笔小小借款的二十倍那么多的钱去；债务清了以后，就带你的忠心的朋友到这儿来。我的侍女尼莉莎陪着我在家里，仍旧像未嫁的时候一样，守候着你们的归来。来，今天就是你结婚的日子，大家快快乐乐，好好招待你的朋友们。你既然是用这么大的代价买来的，我一定格外爱你。可是让我听听你朋友的信。

巴萨尼奥 "巴萨尼奥挚友如握：弟船只悉数遇难，债主煎迫，家业荡然。犹太人之约，业已愆期；履行罚则，殆无生望。足下前此欠弟债项，一切勾销，唯盼及弟未死之前，来相临视。或足下燕婉情浓，不忍遽别，则亦不复相强，此信置之可也。"

鲍西娅 啊，亲爱的，快把一切事情办好，立刻就去吧!

巴萨尼奥 既然蒙您允许,我就赶快收拾动身;可是——此去经宵应少睡,长留魂魄系相思。

同下

第 三 场

威尼斯。街道

夏洛克、萨拉里诺、安东尼奥
及狱吏上

夏洛克　狱官,留心看住他;不要对我讲什么慈悲。这就是那个放债不取利息的傻瓜。狱官,留心看住他。

安东尼奥　再听我说句话,好夏洛克。

夏洛克　我一定要照约实行;你倘然想推翻这一张契约,那还是请你免开尊口的好。我已经发过誓,非得照约实行不可。你曾经无缘无故骂我是狗,既然我是狗,那么你可留心着我的狗牙齿吧。公爵一定会给我主持公道的。你这糊涂的狱官,我真不懂你老是会答应他的请求,陪着他到外边来。

安东尼奥　请你听我说。

夏洛克　我一定要照约实行,不要听你讲什么鬼话;我一定要照约实行,所以请你闭嘴吧。我不像那些软心肠流眼泪的傻瓜一样,听了基督徒的几句劝告,就会摇头叹气,懊悔屈服。别跟着我,我不要听你说话,我要照约实行。

下

萨拉里诺　这是人世间一头最顽固的恶狗。

安东尼奥　别理他;我也不愿再费无益的唇舌向他哀求了。他要的是我的命,我也知道他的原因。有好多次,人家落在他手里,还不出钱来,弄得走投无路,跑来向我呼吁,是我帮助他们解除他的压迫,所以他才恨我。

萨拉里诺 我相信公爵一定不会允许他执行这种处罚。

安东尼奥 公爵不能变更法律的规定，因为威尼斯的繁荣完全倚赖着各国人民的来往通商，要是剥夺了异邦人应享的权利，一定会使人对威尼斯的法治精神发生重大的怀疑。去吧，这些不如意的事情已经把我搅得心力交瘁，我怕到明天身上也许剩不满一磅肉，来偿还我这位不怕血腥气的债主了。狱官，走吧。求上帝，让巴萨尼奥来亲眼看见我替他还债，我就死而无怨了！

同下

第 四 场

贝尔蒙特。鲍西娅家中一室

鲍西娅、尼莉莎、罗兰佐、
杰西卡及鲍尔萨泽上

罗兰佐 夫人,不是我当面恭维您,您的确有一颗高贵真诚、不同凡俗的仁爱的心;尤其像这次敦促尊夫就道,宁愿割舍儿女的私情,这一种精神毅力,真令人万分钦佩。可是您倘使知道受到您这种好意的是个什么人,您所救援的是怎样一个正直的君子,他对于尊夫的交情又是怎样深挚，我相信您一定会格外因为做了这一件好事而自傲，一件寻常的善举可不能让您得到那么大的快乐。

鲍西娅 我做了好事从来不后悔，现在当然也不会。因为凡是常在一块儿谈心游戏的朋友，彼此之间都有一重相互的友爱，他们在容貌上、风度上、习性上也必定相去不远；所以在我想来，这位安东尼奥既然是我丈夫的心腹好友，他的为人一定很像我的丈夫。要是我的猜想果然不错，那么我把一个跟我的灵魂相仿的人从残暴的迫害下救赎出来，花了这一点儿代价，算得了什么！可是这样的话，太近于自吹自擂了，所以别说了吧，还是谈些其他的事情。罗兰佐，在我的丈夫没有回来以前，我要劳驾您替我照管家里；我自己已经向天许下密誓，要在祈祷和默念中过着生活，只让尼莉莎一个人陪着我，直到我

	们两人的丈夫回来。在两英里路之外有一所修道院,我们就预备住在那儿。我向您提出这个请求,不只是为了个人的私情,还有其他事实上的必要,请您不要拒绝我。
罗兰佐	夫人,您有什么吩咐,我无不乐于遵命。
鲍西娅	我的仆人们都已知道我的决心,他们会把您和杰西卡当作巴萨尼奥和我自己一样看待。后会有期,再见了。
罗兰佐	但愿美妙的思想和安乐的时光追随在您的身旁!
杰西卡	愿夫人一切如意!
鲍西娅	谢谢你们的好意,我也愿意用同样的愿望祝福你们。再见,杰西卡。

杰西卡、罗兰佐下

鲍尔萨泽,我一向知道你诚实可靠,希望你永远做一个诚实可靠的人。这一封信你给我火速送到帕度亚,交给我的表兄培拉里奥博士亲手收拆;要是他

|||有什么回信和衣服交给你,你就赶快带着它们到码头上,乘公共渡船到威尼斯去。不要多说话,去吧;我会在威尼斯等你。

鲍尔萨泽　小姐,我尽快去就是了。

下

鲍西娅　来,尼莉莎,我现在还要干一些你不知道的事情;我们要在我们的丈夫还没有想到我们之前去跟他们相会。

尼莉莎　我们要让他们看见我们吗?

鲍西娅　他们将会看见我们,尼莉莎,可是我们要打扮得叫他们认不出我们的本来面目。我可以拿无论什么东西跟你打赌,要是我们都扮成少年男子,我一定比你漂亮点儿,带起刀子来也比你格外神气点儿;我会沙着喉咙讲话,就像一个正在发育的男孩子一样;我会把两个姗姗细步并成一个男人家的阔步;我会学那些爱吹牛的哥儿的样子,谈论一些击剑比武的玩意儿，再随口编造些巧妙的谎话，什么谁家的千金小姐爱上了我啦，我不接受她的好意，她害起病来死啦，我怎么心中不忍，后悔不该害了人家的性命啦，以及二十个诸如此类的无关紧要的谎话，人家听见了，一定以为我走出学校的门还不满一年。这些爱吹牛的娃娃的鬼花样儿我有一千种在脑袋里，都可以搬出来应用。

尼莉莎 怎么，我们要扮成男人吗？

鲍西娅 为什么不？来，车子在林苑门口等着我们；我们上了车，我可以把我的整个计划一路告诉你。快去吧，今天我们要赶二十英里路呢。

同下

第 五 场

同前。花园

朗斯洛特及杰西卡上

朗斯洛特 真的,不骗您,父亲的罪恶是要子女承当的,所以我倒真的在替您捏着一把汗呢。我一向喜欢对您说老实话,所以现在我也老老实实把我心里所担忧的事情告诉您;您放心吧,我想您总免不了下地狱。只有一个希望也许可以帮帮您的忙,可是那也是个不大高妙的希望。

杰西卡　　　请问你,是什么希望呢?

朗斯洛特　　嗯,您可以存着一半的希望,希望您不是您的父亲所生,不是这个犹太人的女儿。

杰西卡　　　这个希望可真的太不高妙啦;这样说来,我的母亲的罪恶又要降到我的身上来了。

朗斯洛特　　那倒也是真的,您不是为您的父亲下地狱,就是为您的母亲下地狱;逃过了凶恶的礁石,逃不过危险的旋涡。好,您下地狱是下定了。

杰西卡　　　我可以靠着我的丈夫得救;他已经使我变成一个基督徒了。

朗斯洛特　　这就是他大大的不该。咱们本来已经有很多的基督徒,简直快要挤都挤不下啦;要是再这样把基督徒一批一批制造出来,猪肉的价钱一定会飞涨,大家吃起猪肉来,恐怕每人只能分到一片薄薄的咸肉了。

| 杰西卡 | 朗斯洛特,你这样胡说八道,我一定要告诉我的丈夫。他来啦。 |

罗兰佐上

罗兰佐	朗斯洛特,你要是再拉着我的妻子在壁角里说话,我真的要吃起醋来了。
杰西卡	不,罗兰佐,你放心好了,我已经跟朗斯洛特翻脸啦。他老实不客气地告诉我,上天不会对我发慈悲,因为我是一个犹太人的女儿;他又说你不是国家的好公民,因为你把犹太人变成了基督徒,提高了猪肉的价钱。
罗兰佐	要是政府向我质问起来,我自有话说。可是,朗斯洛特,你把那黑人的女儿弄大了肚子,这该是什么罪名呢?
朗斯洛特	那个摩尔姑娘会失去理智,给人弄大肚子,固然是件严重的事;可是如果她算不上是个规矩女人,那么我才是看错人啦。
罗兰佐	看,连傻瓜都会说起俏皮话来啦!照这样

下去，连口才最好的才子，也只好哑口无言了。到时候就只听见八哥在那儿叽叽呱呱出风头！给我进去，小鬼，叫他们准备好开饭了。

朗斯洛特　先生，他们早已准备好了；他们都是有肚子的呢。

罗兰佐　老天爷，你的嘴真尖利！那么关照他们把饭菜准备起来。

朗斯洛特　饭和菜他们也准备好了，大爷。您应当说：把饭菜端上来。

罗兰佐　那么就有劳尊驾吩咐下去：把饭菜端上来。

朗斯洛特　小的可没有这样大的气派，不敢这样使唤人啊。

罗兰佐　要怎样才能跟你讲清楚！你可是打算把你的看家本领在今天一齐使出来？我求你啦——我是个老实人，不会跟你瞎扯。去对你那些同伴们说，桌子可以铺起来，饭菜可以端上来，我们要进来吃饭啦。

朗斯洛特	是,先生,我就去叫他们把饭菜铺起来,桌子端上来;至于您进不进来吃饭,那可悉随尊便。

下

罗兰佐	啊,看他心眼儿多么"尖巧",说话多么"合拍"!这个傻瓜,脑子里塞满了一大堆"动听"的字眼。我知道有好多傻瓜,地位比他高,跟他一样"满腹锦绣",一件事扯到哪儿他不管,只是卖弄了再说。你好吗,杰西卡?亲爱的好人儿,现在告诉我,你对于巴萨尼奥的夫人有什么意见?
杰西卡	好到没有话说。巴萨尼奥大爷娶到这样一位好夫人,享尽了人世天堂的幸福,自然应该不会走上邪路了。要是有两个天神打赌,各自拿一个人间的女子做赌注,如其一个是鲍西娅,那么还有一个必须另外加上些什么,才可以彼此相抵,因为这个寒碜的世界还不能产

　　　　　　生一个跟她同样好的人来。

罗兰佐　　他娶到了这么一个好妻子，你也嫁着了我这么一个好丈夫。

杰西卡　　那可要先问问我的意见。

罗兰佐　　可以可以，可是先让我们吃了饭再说。

杰西卡　　不，让我趁着胃口没有倒之前，先把你恭维两句。

罗兰佐　　不，你有话还是留到吃饭的时候说吧；那么不论你说得好说得坏，我都可以连着饭菜一起吞下去。

杰西卡　　好，你且等着听我怎样说你吧。

　　　　　　　　　　　　　　　　　　　　同下

第四幕
ACT IV

THE QUALITY OF MERCY
IS NOT STRAINED.

慈悲不是出于勉强。

第 一 场

威尼斯。法庭

公爵、众绅士、安东尼奥、
巴萨尼奥、葛莱西安诺、
萨拉里诺、萨莱尼奥及
余人等同上

公爵 安东尼奥有没有来?

安东尼奥 有,殿下。

公爵 我很为你不快乐;你是来跟一个心如铁石的对手当庭质对,一个不懂得怜悯、没有一丝慈悲心的不近人情的恶汉。

安东尼奥　听说殿下曾经用尽力量劝他不要过为已甚,可是他一味坚执,不肯略作让步。既然没有合法的手段可以使我脱离他的怨毒的掌握,我只有用默忍迎受他的愤怒,安心等待着他的残暴的处置。

公爵　来人,传那犹太人到庭。

萨拉里诺　他在门口等着;他来了,殿下。

夏洛克上

公爵　大家让开些,让他站在我的面前。夏洛克,人家都以为——我也是这样想——你不过故意装出这一副凶恶的姿态,到了最后关头,就会显出你的仁慈恻隐来,比你现在这种表面上的残酷更加出人意料;现在你虽然坚持照约处罚,一定要从这个不幸的商人身上割下一磅肉来,到了那时候,你不但愿意放弃这一种处罚,而且因为受到良心上的感动,说不定还会豁免他一部分的欠款。你看他最近接连遭逢的巨大损失，足以使无论怎样富有的商人倾家荡产，即使铁石一样的心肠，从来不知道人类同情心的野蛮人，也不能不对他的境遇产生怜悯。犹太人，我们都在等候你一句温和的回答。

夏洛克 我的意思已经向殿下告禀过了；我也已经指着我们的圣安息日起誓，一定要照约执行处罚；要是殿下不准许我的请求，那就是蔑视宪章，我要到京城里去上告，要求撤销贵邦的特权。您要是问我为什么不愿接受三千块钱，宁愿拿一块腐烂的臭肉，那我可没有什么理由可以回答您，我只能说我喜欢这样，这是不是一个回答？要是我的屋子里有了耗子，我高兴出一万块钱叫人把它们赶掉，谁管得了我？这不是回答了您吗？有的人不爱看张开嘴的猪，有的人瞧见一只猫就要发脾气，还有人听见人家吹风笛的声音，就忍不

　　　　　住要小便；因为一个人的感情完全受着喜恶的支配，谁也做不了自己的主。现在我就这样回答您：为什么有人受不住一头张开嘴的猪，有人受不住一只有益无害的猫，还有人受不住咿咿唔唔的风笛的声音，这些都是毫无充分的理由的，只是因为天生的癖性，使他们一受到刺激，就会情不自禁地现出丑相来；所以我不能举什么理由，也不愿举什么理由，除了因为我对于安东尼奥抱着久积的仇恨和深刻的反感，所以才会向他进行这一场对于我自己并没有好处的诉讼。现在您不是已经得到我的回答了吗？

巴萨尼奥　你这冷酷无情的家伙，这样的回答可不能作为你的残忍的辩解。

夏洛克　我的回答本来不是为了讨你的欢喜。

巴萨尼奥　难道人们对于他们所不喜欢的东西，都一定要置之死地吗？

夏洛克　　哪一个人会恨他所不愿意杀死的东西?

巴萨尼奥　初次的冒犯,不应该就引为仇恨。

夏洛克　　什么!你愿意给毒蛇咬两次吗?

安东尼奥　请你想一想,你现在跟这个犹太人讲理,就像站在海滩上,叫那大海的怒涛减低它的奔腾的威力,责问豺狼为什么害母羊因为失去它的羔羊而哀啼,或是叫那山上的松柏在受到天风吹拂的时候,不要摇头摆脑,发出谡谡的声音。要是你能够叫这个犹太人的心变软——世上还有什么东西比它更硬呢?——那么还有什么难事不可以做到?所以我请你不用再跟他商量什么条件,也不用替我想什么办法,让我爽爽快快受到判决,满足这犹太人的心愿吧。

巴萨尼奥　借了你三千块钱,现在拿六千块钱还你好不好?

夏洛克　　即使这六千块钱中间的每一块钱都可以分作六份,每一份都可以变成一块钱,我

	|也不要它们；我只要照约处罚。
公爵	你这样一点没有慈悲之心，将来怎么能够希望人家对你慈悲呢？
夏洛克	我又不干错事，怕什么刑罚？你们买了许多奴隶，把他们当作驴狗骡马一样看待，叫他们做种种卑贱的工作，因为他们是你们出钱买来的。我可不可以对你们说，让他们自由，叫他们跟你们的子女结婚？为什么他们要在重担之下流着血汗？让他们的床铺得跟你们的床同样柔软，让他们的舌头也尝尝你们所吃的东西吧，你们会回答说："这些奴隶是我们所有的。"所以我也可以回答你们：我向他要求的这一磅肉，是我出了很大的代价买来的；它是属于我的，我一定要把它拿到手里。您要是拒绝了我，那么让你们的法律去见鬼吧！威尼斯城的法令等于一纸空文。我现在等候着判决，请快些回答我，我

可不可以拿到这一磅肉?

公爵　　我已经差人去请培拉里奥,一位有学问的博士,来替我们审判这件案子;要是他今天不来,我有权宣布延期判决。

萨拉里诺　殿下,外面有一个使者刚从帕度亚来,带着这位博士的书信,等候着殿下的召唤。

公爵　　把信拿来给我;叫那使者进来。

巴萨尼奥　高兴起来吧,安东尼奥!喂,老兄,不要灰心!这犹太人可以把我的肉、我的血、我的骨头、我的一切都拿去,可是我决不让你为了我的缘故流一滴血。

安东尼奥　我是羊群里一头不中用的病羊,死是我的应分;最软弱的果子最先落到地上,让我也这样结束我的一生吧。巴萨尼奥,我只要你活下去,将来替我写一篇墓志铭,那你就是做了再好不过的事。

尼莉莎扮律师书记上

公爵　　你是从帕度亚的培拉里奥那里来的吗?

| 尼莉莎 | 是,殿下。培拉里奥叫我向殿下致意。

[呈上一信]

| 巴萨尼奥 | 你这样使劲儿磨着刀干吗?
| 夏洛克 | 从那破产的家伙身上割下那磅肉来。
| 葛莱西安诺 | 狠心的犹太人,你不是在鞋口上磨刀,你这把刀是放在你的心口上磨;无论哪种铁器,就连刽子手的钢刀,都赶不上你这刻毒的心肠一半的锋利。难道什么恳求都不能打动你吗?
| 夏洛克 | 不能,无论你说得多婉转动听,都没用。
| 葛莱西安诺 | 万恶不赦的狗,看你死后不下地狱!让你这种东西活在世上,真是公道不生眼睛。你简直使我的信仰发生摇动,相信起毕达哥拉斯所说畜生的灵魂可以转生人体的议论来了;你的前生一定是一头豺狼,因为吃了人,给人捉住吊死,它那凶恶的灵魂就从绞架上逃了出来,钻进了你那老娘的腌臜的胎里,因为你的性情正像豺狼一样残暴贪婪。

夏洛克　除非你能够把我这一张契约上的印章骂掉，否则像你这样拉开了喉咙直嚷，不过白白伤了你的肺，何苦来呢？好兄弟，我劝你还是让你的脑子休息一下吧，免得它损坏了，将来无法收拾。我在这儿要求法律的裁判。

公爵　培拉里奥在这封信上介绍一位年轻有学问的博士出席我们的法庭。他在什么地方？

尼莉莎　他就在这附近等着您的答复，不知道殿下准不准许他进来？

公爵　非常欢迎。来，你们去三四个人，恭恭敬敬领他到这儿来。现在让我们把培拉里奥的来信当庭宣读。

书记　[读]"尊翰到时，鄙人抱疾方剧；适有一青年博士鲍尔萨泽君自罗马来此，致其慰问，因与详讨犹太人与安东尼奥一案，遍稽群籍，折衷是非，遂恳其为鄙人庖代，以应殿下之召。凡鄙人对此案所具意见，此君已深悉无遗；其学问才识，虽穷极赞辞，亦不足道其万一，务希勿以其年少而忽之，盖如此少年老成之士，实鄙人生平所仅见也。倘蒙延纳，必能不辱使命。敬祈钧裁。"

公爵　你们已经听到了博学的培拉里奥的来信。这儿来的大概就是那位博士了。

鲍西娅扮律师上

公爵　把您的手给我。足下是从培拉里奥老前辈那儿来的吗？

鲍西娅　正是，殿下。

公爵　欢迎欢迎；请上坐。您有没有明了今天我们在这儿审理的这件案子的两方面的争点？

鲍西娅　我对于这件案子的详细情形已经完全知道了。这儿哪一个是那商人，哪一个是犹太人？

公爵　安东尼奥，夏洛克，你们两人都上来。

鲍西娅　你的名字就叫夏洛克吗？

夏洛克　　夏洛克是我的名字。

鲍西娅　　你这场官司打得倒也奇怪，可是按照威尼斯的法律，你的控诉是可以成立的。[向安东尼奥] 你的生死现在操在他的手里，是不是？

安东尼奥　他是这样说的。

鲍西娅　　你承认这借约吗？

安东尼奥　我承认。

鲍西娅　　那么犹太人应该慈悲一点。

夏洛克　　为什么我应该慈悲一点？把您的理由告诉我。

鲍西娅　　慈悲不是出于勉强，它是像甘霖一样从天上降下尘世；它不但给幸福于受施的人，也同样给幸福于施与的人；它有超乎一切的无上威力，比皇冠更足以显出一个帝王的高贵：御杖不过象征着俗世的威权，使人民对于君上的尊严凛然生畏；慈悲的力量却高出权力之上，它深藏在帝王的内心，是一种属于

　　　　　上帝的德性，执法的人倘能把慈悲调剂着公道，人间的权力就和上帝的神力没有差别。所以，犹太人，虽然你所要求的是公道，可是请你想一想，要是真的按照公道执行起赏罚来，谁也没有死后得救的希望；我们既然祈祷着上帝的慈悲，就应该按照祈祷的指点，自己做一些慈悲的事。我说这一番话，为的是希望你能够从你法律的立场上做几分让步；可是如果你坚持着原来的要求，那么威尼斯的法庭是执法无私的，只好把那商人宣判定罪了。

夏洛克　　我自己做的事，我自己当！我只要求法律允许我照约执行处罚。

鲍西娅　　他是不是无力偿还这笔借款？

巴萨尼奥　不，我愿意替他当庭还清；照原数加倍也可以；要是这样他还不满足，那么我愿意签署契约，还他十倍的数目，拿我的手、我的头、我的心做抵押；要是这样还不能使他满足，那就是存心害人，不顾天理了。请堂上运用权力，把法律稍为变通一下，犯一次小小的错误，干一件大大的功德，别让这个残忍的恶魔逞他杀人的兽欲。

鲍西娅 那可不行，在威尼斯，谁也没有权力变更既成的法律；要是开了这一个恶例，以后谁都可以借口有例可援，什么坏事情都可以干了。这是不行的。

夏洛克 一个但尼尔[⑫]来做法官了！真的是但尼尔再世！聪明的青年法官啊，我真佩服你！

鲍西娅 请你让我瞧一瞧那借约。

夏洛克 在这儿，可尊敬的博士，请看吧。

鲍西娅 夏洛克，他们愿意出三倍的钱还你呢。

夏洛克 不行，不行，我已经对天发过誓啦，难道我可以让我的灵魂背上毁誓的罪名吗？不，把整个儿的威尼斯给我，我都不能答应。

鲍西娅　　好,那么就应该照约处罚;根据法律,这犹太人有权要求从这商人的胸口割下一磅肉来。还是慈悲一点,把三倍于原数的钱拿去,让我撕了这张约吧。

夏洛克　　等他按照约中所载条款受罚以后,再撕不迟。您瞧上去像是一个很好的法官;您懂得法律,您讲的话也很有道理,不愧是法律界的中流砥柱,所以现在我就用法律的名义,请您立刻进行宣判,凭着我的灵魂起誓,谁也不能用他的口舌改变我的决心。我现在但等着执行原约。

安东尼奥　　我也诚心请求堂上从速宣判。

鲍西娅　　好,那么就是这样:你必须准备让他的刀子刺进你的胸膛。

夏洛克　　啊,尊严的法官!好一位优秀的青年!

鲍西娅　　因为这约上所订定的惩罚,对于法律条文的涵义并无抵触。

夏洛克　　很对,很对!啊,聪明正直的法官!想不到你瞧上去这样年轻，见识却这么老练！

鲍西娅 所以你应该把你的胸膛袒露出来。

夏洛克 对了，"他的胸部"，约上是这么说的。——不是吗，尊严的法官？——"心口附近的所在"，约上写得明明白白的。

鲍西娅 不错，称肉的天平有没有预备好？

夏洛克 我已经带来了。

鲍西娅 夏洛克，去请一位外科医生来替他堵住伤口，费用归你负担，免得他流血而死。

夏洛克 约上有这样的规定吗？

鲍西娅 约上并没有这样的规定；可是那又有什么相干呢？肯做一件好事总是好的。

夏洛克 我找不到；约上没有这一条。

鲍西娅 商人，你还有什么话说吗？

安东尼奥 我没有多少话要说；我已经准备好了。把你的手给我，巴萨尼奥，再会吧！不要因为我为了你的缘故遭到这种结局而悲伤，因为命运对我已经特别照顾

　　　　　了：她往往让一个不幸的人在家产荡尽以后继续活下去，用他凹陷的眼睛和满是皱纹的额角去挨受贫困的暮年；这一种拖延时日的刑罚，她已经将我豁免了。替我向尊夫人致意，告诉她安东尼奥的结局；对她说我怎样爱你，又怎样从容就死；等到你把这一段故事讲完以后，再请她判断一句，巴萨尼奥是不是曾经有过一个真心爱他的朋友。不要因为你将要失去一个朋友而懊恨，替你还债的人是死而无怨的；只要那犹太人的刀刺得深一点，我就可以在一刹那的时间把那笔债完全还清。

巴萨尼奥　　安东尼奥，我爱我的妻子，就像我自己的生命一样；可是我的生命、我的妻子以及整个的世界，在我的眼中都不比你的生命更为贵重；我愿意丧失一切，把它们献给这恶魔做牺牲，来救出你的生命。

鲍西娅　　尊夫人要是就在这儿，听见您说这样的

　　　　　　话，恐怕不见得会感谢您吧。

葛莱西安诺　我有一个妻子，我可以发誓我是爱她的；可是我希望她马上归天，好去求告上帝改变这恶狗一样的犹太人的心。

尼莉莎　幸亏尊驾在她的背后说这样的话，否则府上一定要吵得鸡犬不宁了。

夏洛克　这些便是相信基督教的丈夫！我有一个女儿，我宁愿她嫁给强盗的子孙，不愿她嫁给一个基督徒。别再浪费光阴了，请快些宣判吧。

鲍西娅　那商人身上的一磅肉是你的；法庭判给你，法律许可你。

夏洛克　公平正直的法官！

鲍西娅　你必须从他的胸前割下这磅肉来；法律许可你，法庭判给你。

夏洛克　博学多才的法官！判得好！来，预备！

鲍西娅　且慢，还有别的话哩。这约上并没有允许你取他的一滴血，只是写着"一磅肉"；所以你可以照约拿一磅肉去，可是在

	割肉的时候,要是流下一滴基督徒的血,你的土地财产,按照威尼斯的法律,就要全部充公。
葛莱西安诺	啊,公平正直的法官!听着,犹太人;啊,博学多才的法官!
夏洛克	法律上是这样说的吗?
鲍西娅	你自己可以去查查明白。既然你要求公道,我就给你公道,而且比你所要求的更地道。
葛莱西安诺	啊,博学多才的法官!听着,犹太人;好一个博学多才的法官!
夏洛克	那么我愿意接受还款;照约上的数目三倍还我,放了那基督徒。
巴萨尼奥	钱在这儿。
鲍西娅	别忙!这犹太人必须得到绝对的公道。别忙!他除了照约处罚以外,不能接受其他的赔偿。
葛莱西安诺	啊,犹太人!一个公平正直的法官,一个博学多才的法官!

鲍西娅	所以你准备动手割肉吧。不准流一滴血，也不准割得超过或是不足一磅的重量；要是你割下来的肉比一磅略微轻一点或是重一点，即使相差只有一丝一毫，或者仅仅一根汗毛之微，就要把你抵命，你的财产全部充公。
葛莱西安诺	一个再世的但尼尔，一个但尼尔，犹太人！现在你可掉在我的手里了，你这异教徒！
鲍西娅	那犹太人为什么还不动手？
夏洛克	把我的本钱还我，放我去吧。
巴萨尼奥	钱我已经预备好在这儿，你拿去吧。
鲍西娅	他已经当庭拒绝过了；我们现在只能给他公道，让他履行原约。
葛莱西安诺	好一个但尼尔，一个再世的但尼尔！谢谢你，犹太人，你教会了我说这句话。
夏洛克	难道我单单拿回我的本钱都不成吗？
鲍西娅	犹太人，除了冒着你自己生命的危险割下那一磅肉以外，你不能拿一个钱。

夏洛克　　　好，那么魔鬼保佑他去享用吧！我不打这场官司了。

鲍西娅　　　等一等，犹太人，法律上还有一点牵涉你。威尼斯的法律规定：凡是一个异邦人企图用直接或间接手段谋害任何公民，查明确有实据者，他的财产的半数应当归受害的一方所有，其余的半数没入公库，犯罪者的生命悉听公爵处置，他人不得过问。你现在刚巧陷入这一条法网，因为根据事实的发展，已经足以证明你确有运用直接、间接手段危害被告生命的企图，所以你已经遭逢我刚才所说起的那种危险了。快快跪下来，请公爵开恩吧。

葛莱西安诺　求公爵开恩，让你自己去寻死吧；可是你的财产现在充了公，一根绳子也买不起啦，所以还是要让公家破费把你吊死。

公爵　　　　让你瞧瞧我们基督徒的精神，你虽然没有向我开口，但我自动饶恕了你的死

|||罪。你的财产一半划归安东尼奥,还有一半没入公库;要是你能够诚心悔过,也许还可以减处你一笔较轻的罚款。

鲍西娅 这是说没入公库的一部分,不是说划归安东尼奥的一部分。

夏洛克 不,把我的生命连着财产一起拿了去吧,我不要你们的宽恕。你们拿掉了支撑房子的柱子,就是拆了我的房子;你们夺去了我的养家活命的根本,就是活活要了我的命。

鲍西娅 安东尼奥,你能不能够给他一点慈悲?

葛莱西安诺 白送给他一根上吊的绳子吧;看在上帝的面上,不要给他别的东西!

安东尼奥 要是殿下和堂上愿意从宽发落,免予没收他的财产的一半,我就十分满足了;只要他能够让我接管他的另外一半的财产,等他死了以后,把它交给最近和他的女儿私奔的那位绅士;可是还要有两个附带的条件:第一,他接受了这样

	的恩典，必须立刻改信基督教；第二，他必须当庭写下一张文契，声明他死了以后，他的全部财产传给他的女婿罗兰佐和他的女儿。
公爵	他必须履行这两个条件，否则我就撤销刚才所宣布的赦令。
鲍西娅	犹太人，你满意吗？你有什么话说？
夏洛克	我满意。
鲍西娅	书记，写下一张授赠产业的文契。
夏洛克	请你们允许我退庭，我身子不大舒服。文契写好了送到我家里，我在上面签名就是了。
公爵	去吧，可是临时变卦是不成的。
葛莱西安诺	你在受洗礼的时候，可以有两个教父；要是我做了法官，我一定给你请十二个教父[⑬]，不是领你去受洗，是送你上绞架。

夏洛克下

| 公爵 | 先生，我想请您到舍间去用餐。|

鲍西娅	请殿下多多原谅,我今天晚上要回帕度亚去,必须现在就动身,恕不奉陪了。
公爵	您这样贵忙,不能容我略尽寸心,真是抱歉得很。安东尼奥,谢谢这位先生,你这回全亏了他。

公爵、众士绅及侍从等下

巴萨尼奥	最可尊敬的先生,我跟我这位敝友今天多赖您的智慧,免去了一场无妄之灾;为了表示我们的敬意,这三千块钱本来是预备还给那犹太人的,现在就奉送给先生,聊以报答您的辛苦。
安东尼奥	您的大恩大德,我们是永远不忘记的。
鲍西娅	一个人做了心安理得的事,就是得到了最大的酬报;我这次帮两位的忙,总算没有失败,已经十分满足,用不着再谈什么酬谢了。但愿咱们下次见面的时候,两位仍旧认识我。现在我就此告辞了。
巴萨尼奥	好先生,我不能不再向您提出一个请求:请您随便从我们身上拿些什么东西去,

不算是酬谢,只算是留个纪念。请您答应我两件事儿:既不要推却,还要原谅我的要求。

鲍西娅　你们这样殷勤,倒叫我却之不恭了。[向安东尼奥]把您的手套送给我,让我戴在手上留个纪念吧;[向巴萨尼奥]为了纪念您的盛情,让我拿了这戒指去。不要缩回您的手,我不再向您要什么了;您既然是一片诚意,想来总也不会拒绝我吧。

巴萨尼奥　这指环吗,好先生?唉!它是个不值钱的玩意儿;我不好意思把这东西送给您。

鲍西娅　我什么都不要,就要这指环;现在我想我非把它要来不可了。

巴萨尼奥　这指环本身并没有什么价值,可是因为有其他的关系,我不能把它送人。我愿意搜访威尼斯最贵重的一枚指环来送给您,可是这一枚却只好请您原谅了。

鲍西娅　先生,您原来是个口头上慷慨的人;您先

	教我怎样伸手求讨,然后再教我懂得了一个叫花子会得到怎样的回答。
巴萨尼奥	好先生,这指环是我的妻子给我的;她把它套上我的手指的时候,曾经叫我发誓永远不把它出卖、送人或是遗失。
鲍西娅	人们在吝惜他们的礼物的时候,都可以用这样的话做推托的。要是尊夫人不是一个疯婆子,她知道了我对于这指环是多么受之无愧,一定不会因为您把它送掉了而跟您长久反目的。好,愿你们平安!

鲍西娅、尼莉莎同下

安东尼奥	我的巴萨尼奥少爷,让他把那指环拿去吧;看在他的功劳和我的交情的分上,违反一次尊夫人的命令,想来不会有什么要紧。
巴萨尼奥	葛莱西安诺,你快追上他们,把这指环送给他;要是可能的话,领他到安东尼奥的家里去。去,赶快!

葛莱西安诺下

来,我陪着你到你府上;明天一早咱们两人就飞到贝尔蒙特去。来,安东尼奥。

同下

第 二 场

同前。街道

鲍西娅及尼莉莎上

鲍西娅　　打听打听这犹太人住在什么地方,把这文契交给他,叫他签了字。我们要比我们的丈夫先一天到家,所以一定得在今天晚上动身。罗兰佐拿到这一张文契,一定高兴得不得了。

葛莱西安诺上

葛莱西安诺　　好先生,我好容易追上了您。我家大爷巴萨尼奥再三考虑之下,决定叫我把这

|||指环拿来送给您,还要请您赏光陪他吃一顿饭。

鲍西娅　　那可没法应命;他的指环我收下了,请你替我谢谢他。我还要请你给我这小兄弟带路到夏洛克老头儿的家里。

葛莱西安诺　可以,可以。

尼莉莎　　大哥,我要向您说句话儿。[向鲍西娅旁白]我要试一试我能不能把我丈夫的指环拿下来。我曾经叫他发誓永远不离手。

鲍西娅　　你一定能够。我们回家以后,一定可以听听他们指天誓日,说他们是把指环送给男人的;可是我们要压倒他们,比他们发更厉害的誓。你快去吧,你知道我会在什么地方等你。

尼莉莎　　来,大哥,请您给我带路。

各下

第五幕

ACT V

THE CROW DOTH SING
AS SWEETLY AS THE LARK
WHEN NEITHER IS ATTENDED.

如果没有人欣赏,
乌鸦的歌声也就和云雀一样。

第 一 场

贝尔蒙特。通至鲍西娅住宅的林荫路

罗兰佐及杰西卡上

罗兰佐 好皎洁的月色！微风轻轻地吻着树枝，不发出一点声响；我想正是在这样一个夜里，特洛伊罗斯登上了特洛伊的城墙，遥望着克瑞西达所寄身的希腊人的营幕，发出他内心中悲叹。

杰西卡 正是在这样一个夜里，提斯柏心惊胆战地踩着露水，去赴她情人的约会，因为看见了一头狮子的影子，吓得远远逃走。

罗兰佐　　正是在这样一个夜里,狄多手里执着柳枝,站在辽阔的海滨,招她的爱人回到迦太基来。

杰西卡　　正是在这样一个夜里,美狄亚采集了灵芝仙草,使衰迈的埃宋返老还童⑭。

罗兰佐　　正是在这样一个夜里,杰西卡从犹太富翁的家里逃了出来,跟着一个不中用的情郎从威尼斯一直走到贝尔蒙特。

杰西卡　　正是在这样一个夜里,年轻的罗兰佐发誓说他爱她,用许多忠诚的盟言偷去了她的灵魂,可是没有一句话是真的。

罗兰佐　　正是在这样一个夜里,可爱的杰西卡像一个小泼妇似的,信口毁谤她的情人,可是他饶恕了她。

杰西卡　　倘不是有人来了,我可以搬弄出比你所知道的更多的夜的典故来。可是,听!这不是一个人的脚步声吗?

斯丹法诺上

罗兰佐　　谁在这静悄悄的深夜里跑得这么快?

斯丹法诺　　一个朋友。

罗兰佐　　一个朋友！什么朋友？请问朋友尊姓大名？

斯丹法诺　　我的名字是斯丹法诺，我来向你们报个信，我家女主人在天明以前，就要到贝尔蒙特来了；她一路上看见圣十字架，便停步下来，长跪祷告，祈求着婚姻的美满。

罗兰佐　　谁陪她一起来？

斯丹法诺　　没有什么人，只是一个修道的隐士和她的侍女。请问我家主人有没有回来？

罗兰佐　　他没有回来，我们也没有听到他的消息。可是，杰西卡，我们进去吧；让我们按照礼节，准备一些欢迎这屋子的女主人的仪式。

朗斯洛特上

朗斯洛特　　索拉！索拉！哦哈呵！索拉！索拉！

罗兰佐　　谁在那儿嚷？

朗斯洛特　　索拉！你看见罗兰佐大爷了吗？罗兰佐

     大爷!索拉!索拉!

罗兰佐 别嚷啦,朋友;我就在这儿。

朗斯洛特 索拉!哪儿?哪儿?

罗兰佐 这儿。

朗斯洛特 对他说我家主人差一个人带了许多好消息来;他在天明以前就要回家来啦。

下

罗兰佐 亲爱的,我们进去,等着他们回来吧。不,还是不用进去了。我的朋友斯丹法诺,请你进去通知家里的人,你们的女主人就要来啦,叫他们准备好乐器到门外来迎接。

斯丹法诺下

    月光多么恬静地睡在山坡上!我们就在这儿坐下来,让音乐的声音悄悄送进我们的耳边;柔和的静寂和夜色,是最足以衬托出音乐的甜美的。坐下来,杰西卡。瞧,天宇中嵌满了多少灿烂的金钱;你所见的每一颗微小的天体,在转动的时候都会发出天使般的歌声,永远应和着嫩眼的天婴的妙唱。在永生的灵魂里也有这一种音乐,可是当它套上这一具泥土制成的俗恶易朽的皮囊以后,我们便再也听不见了。

众乐工上

罗兰佐 来啊!奏起一支圣歌来唤醒狄安娜女神;用最温柔的节奏倾注到你们女主人的耳中,让她被乐声吸引着回来。[音乐]

杰西卡 我听见了柔和的音乐,总觉得有些惆怅。

罗兰佐 这是因为你有一个敏感的灵魂。你只要看一群不服管束的畜生,或是那野性未驯的小马,逞着它们奔放的血气,乱跳狂奔,高声嘶叫,倘然偶尔听到一声喇叭,或是任何乐调,就会一齐立定,它们狂野的眼光因为中了音乐的魅力,变成温和的注视。所以诗人会造出俄耳甫斯用音乐感动木石、平息风浪的故事,因为无论怎样坚硬、顽固、狂暴的事物，音乐都可以立刻改变它们的性质；灵魂里没有音乐，或是听了甜蜜和谐的乐声而不会感动的人，都是擅于为非作恶、使奸弄诈的；他们的灵魂像黑夜一样昏沉，他们的感情像鬼域一样幽暗；这种人是不可信任的。听这音乐！

鲍西娅及尼莉莎自远处上

  鲍西娅 那灯光是从我家里发出来的。一支小小的蜡烛，它的光照耀得多么远！一件善事也正像这支蜡烛一样，在这罪恶的世界上发出广大的光辉。

  尼莉莎 月光明亮的时候，我们就瞧不见灯光。

  鲍西娅 小小的荣耀也正是这样被更大的光荣所掩。国王出巡的时候摄政的威权未尝不就像一个君主，可是一到国王回来，他的威权就归于乌有，正像溪涧中的细流注入大海一样。音乐！听！

  尼莉莎 小姐，这是我们家里的音乐。

鲍西娅　没有比较，就显不出长处；我觉得它比在白天好听得多哪。

尼莉莎　小姐，那是因为晚上比白天静寂的缘故。

鲍西娅　如果没有人欣赏，乌鸦的歌声也就和云雀一样；要是夜莺在白天杂在群鹅的聒噪里歌唱，人家绝不会以为它比鹪鹩唱得更美。多少事情因为逢到有利的环境，才能够达到尽善的境界，博得一声恰当的赞赏！喂，静下来！月亮正在拥着她的情郎[15]酣睡，不肯醒来呢。

[音乐停止]

罗兰佐　要是我没有听错，这分明是鲍西娅的声音。

鲍西娅　我的声音太难听，所以一下子就给他听出来了，正像瞎子能够辨认杜鹃一样。

罗兰佐　好夫人，欢迎您回家来！

鲍西娅　我们在外边为我们的丈夫祈祷平安，希望他们能够因我们的祈祷而多福。他们已经回来了吗？

罗兰佐　　夫人,他们还没有来;可是刚才有人来送过信,说他们就要来了。

鲍西娅　　进去,尼莉莎,吩咐我的仆人们,叫他们就当我们两人没有出去过一样;罗兰佐,您也给我保守秘密;杰西卡,您也不要多说。[喇叭声]

罗兰佐　　您的丈夫来啦,我听见他的喇叭的声音。我们不是搬嘴弄舌的人,夫人,您放心好了。

鲍西娅　　这样的夜色就像一个昏沉的白昼,不过略微惨淡点儿;没有太阳的白天,瞧上去也不过如此。

巴萨尼奥、安东尼奥、葛莱西安诺及侍从等上

巴萨尼奥　　要是您在没有太阳的地方走路,我们就可以和地球那一面的人共同享有白昼。

鲍西娅　　让我发出光辉,可是不要让我像光一样轻浮;因为一个轻浮的妻子,是会使丈夫的心头沉重的,我决不愿意巴萨尼奥

为了我而心头沉重。可是一切都是上帝做主！欢迎您回家来，夫君！

巴萨尼奥 谢谢您，夫人。请您欢迎我这位朋友；这就是安东尼奥，我曾经受过他无穷的恩惠。

鲍西娅 他的确使您受惠无穷，因为我听说您曾经使他受累无穷呢。

安东尼奥 没有什么，现在一切都已经圆满解决了。

鲍西娅 先生，我们非常欢迎您的光临；可是口头的空言不能表示诚意，所以一切客套的话，我都不说了。

葛莱西安诺 [向尼莉莎]我凭着那边的月亮起誓，你冤枉了我，我真的把它送给了那法官的书记。好人，你既然把这件事情看得这么重，那么我但愿拿了去的人是个割掉了鸡巴的。

鲍西娅 啊！已经在吵架了吗？为了什么事？

葛莱西安诺 为了一个金圈圈儿，她给我的一个不值钱的指环，上面刻着的诗句就跟那些刀

	匠们刻在刀子上的差不多，什么"爱我毋相弃"。
尼莉莎	你管它什么诗句，什么值钱不值钱？我当初给你的时候，你曾经向我发誓，说你要戴着它直到死去，死了就跟你一起葬在坟墓里；即使不为我，为了你所发的重誓，你也该把它看重，好好地保存着。送给一个法官的书记！呸！上帝可以替我判断，拿了这指环的那个书记，一定是个脸上永远不会出毛的。
葛莱西安诺	他年纪长大起来，自然会出胡子的。
尼莉莎	一个女人也会长成男子吗？
葛莱西安诺	我举手起誓，我的确把它送给了一个少年，一个年纪小小、发育不全的孩子；他的个儿并不比你高，这个法官的书记。他是个多话的孩子，一定要我把这指环给他做酬劳，我实在不好意思不给他。
鲍西娅	恕我说句不客气的话，这是你的不对；你怎么可以把你妻子的第一件礼物随随

便便给了人？你已经发过誓把它套在你的手指上，它就是你身体上不可分的一部分。我也曾经送给我的爱人一个指环，使他发誓永不把它抛弃；他现在就在这儿，我敢代他发誓，即使拿世间所有的财富向他交换，他也不肯丢掉它或是把它从他的手指上取下来的。真的，葛莱西安诺，你太对不起你的妻子了；倘然是我的话，我早就发起脾气来啦。

巴萨尼奥 [旁白]哎哟，我应该把我的左手砍掉，那就可以发誓说，因为强盗要我的指环，我不肯给他，所以连手都给砍下来了。

葛莱西安诺 巴萨尼奥大爷也把他的指环给那法官了，因为那法官一定要向他讨那指环；其实他就是拿了指环去，也一点不算过分。那个孩子、那法官的书记，因为写了几个字，也就讨了我的指环去做酬劳。他们主仆两人什么都不要，就是要这两个指环。

鲍西娅　　我的爷,您把什么指环送了人哪?我想不会是我给您的那一个吧?

巴萨尼奥　　要是我可以用说谎来加重我的过失,那么我会否认的;可是您瞧我的手指上已没有指环;它已经没有了。

鲍西娅　　正像您的虚伪的心里没有一丝真情一样。我对天发誓,除非等我见了这指环,我再也不跟您同床共枕。

尼莉莎　　要是我看不见我的指环,我也再不跟你同床共枕。

巴萨尼奥　　亲爱的鲍西娅,要是您知道我把这指环送给了什么人,要是您知道我为了谁的缘故把这指环送人,要是您能够想到为了什么理由我把这指环送人,我又是多么舍不下这个指环,可是人家偏偏什么也不要,一定要这个指环,那时候您就不会生这么大的气了。

鲍西娅　　要是您知道这指环的价值,或是识得了把

	这指环给您的那人的一半好处，或是懂得了您自己保存这指环的光荣，您就不会把这指环抛弃。只要你肯稍微用诚恳的话向他解释几句，世上哪有这样不讲理的人，会好意思硬要人家留作纪念的东西？尼莉莎讲的话一点不错，我可以用我的生命赌咒，一定是什么女人把这指环拿去了。
巴萨尼奥	不，夫人，我用我的名誉、我的灵魂起誓，并不是什么女人拿去的，的确是送给那位法学博士的；他不接受我送给他的三千块钱，一定要讨这指环，我不答应，他就老大不高兴地去了。就是他救了我的好朋友的性命；我应该怎么说呢，好太太？我没有法子，只好叫人追上去送给他；人情和礼貌逼着我这样做，我不能让我的名誉沾上忘恩负义的污点。原谅我，好夫人，凭着天上的明灯起誓，要是那时候您也在那

儿，我想您一定会恳求我把这指环送给这位贤能的博士的。

鲍西娅 让那博士再也不要走近我的屋子。他既然拿去了我所珍爱的宝物，又是您所发誓永远为我保存的东西，那么我也会像您一样慷慨；我会把我所有的一切都给他，即使他要我的身体，或是我的丈夫的眠床，我都不会拒绝他。我总有一天会认识他的，那是我完全有把握的；您还是一夜也不要离开家里，像个百眼怪物那样看守着我吧；否则我可以凭着我的尚未失去的贞操起誓，要是您让我一个人在家里，我一定要跟这个博士睡在一床的。

尼莉莎 我也要跟他的书记睡在一床；所以你还是留心不要走开我的身边。

葛莱西安诺 好，随你的便，只要不让我碰到他；要是他给我捉住了，我就折断这个少年书记的那支笔。

安东尼奥　　都是我的不是,引出你们这一场吵闹。

鲍西娅　　先生,这跟您没有关系;您来我们是很欢迎的。

巴萨尼奥　　鲍西娅,饶恕我这一次出于不得已的错误,当着这许多朋友的面前,我向您发誓,凭着您这一双美丽的眼睛,在它们里面我可以看见我自己——

鲍西娅　　你们听他的话!我的左眼里也有一个他,我的右眼里也有一个他;您用您的两重人格发誓,我还能够相信您吗?

巴萨尼奥　　不,听我说。原谅我这一次错误,凭着我的灵魂起誓,我以后再不违背对您发出的誓言。

安东尼奥　　我曾经为了他的幸福,把我自己的身体向人抵押,倘不是幸亏那个把您丈夫的指环拿去的人,几乎送了性命;现在我敢再立一张契约,把我的灵魂作为担保,保证您的丈夫决不会再有故意背信的行为。

鲍西娅	那么就请您做他的保证人,把这个给他,叫他比上回那一个保存得牢一些。
安东尼奥	拿着,巴萨尼奥;请您发誓永远保存这一个指环。
巴萨尼奥	天哪!这就是我给那博士的那一个!
鲍西娅	我就是从他手里拿来的。原谅我,巴萨尼奥,因为凭着这个指环,那博士已经跟我睡过觉了。
尼莉莎	原谅我,我的好葛莱西安诺;就是那个发育不全的孩子,那个博士的书记,因为我问他讨这个指环,昨天晚上已经跟我睡在一起了。
葛莱西安诺	哎哟,这就像是在夏天把铺得好好的道路重新翻造。嘿!我们就这样冤冤枉枉地做起忘八来了吗?
鲍西娅	不要说得那么难听。你们大家都有点莫名其妙;这儿有一封信,拿去慢慢地念吧,它是培拉里奥从帕度亚寄来的,你们从这封信里,就可以知道那位博士

就是鲍西娅,她的书记便是这位尼莉莎。罗兰佐可以向你们证明,当你们出发以后,我就立刻动身;我回家来还没有多少时候,连大门也没有进去过呢。安东尼奥,我们非常欢迎您到这儿来;我还带着一个您所意料不到的好消息给您,请您拆开这封信,您就可以知道,您有三艘商船已经满载而归,马上要到港了。您再也想不出这封信怎么会那么巧地到了我的手里。

安东尼奥	我没有话说了。
巴萨尼奥	您就是那个博士,我还不认识您吗?
葛莱西安诺	你就是叫我当忘八的那个书记吗?
尼莉莎	是的,可是除非那书记会长成一个男子,他再也不能叫你当忘八。
巴萨尼奥	好博士,你今晚就陪着我睡觉吧;当我不在的时候,您可以睡在我妻子的床上。
安东尼奥	好夫人,您救了我的命,又给了我一条活

		路；我从这封信里得到了确实的消息，我的船只已经平安到港了。
鲍西娅	喂，罗兰佐！我的书记也有一件好东西要给您哩。
尼莉莎	是的，我可以送给他，不收一些费用。这是那犹太富翁亲笔签署的一张授赠产业的文契，声明他死了以后，全部遗产都传给您和杰西卡，请你们收下吧。
罗兰佐	两位好夫人，你们像是散布玛哪[16]的天使，救济着饥饿的人们。
鲍西娅	天已经差不多亮了，可是我知道你们还想把这些事情知道得详细一点。我们大家进去吧；你们还有什么疑惑的地方，尽管再向我们发问，我们一定老老实实地回答一切问题。
葛莱西安诺	很好，我要我的尼莉莎宣誓答复的第一个问题是，现在离白昼只有两小时了，我们是就去睡觉呢，还是等明天晚上再睡？正是——

不惧黄昏近,但愁白日长;
翩翩书记俊,今夕喜同床。
金环束指间,灿烂自生光,
唯恐娇妻骂,莫将弃道旁。

　　　　　　　　　　　众下

注 释

① 雅努斯 (Janus) 即罗马神话中的天门神,有着前后两幅面孔,此处借他的双面性意指人是有不同性格的。

② 涅斯托 (Nestor),《荷马史诗:特伊亚特》中的希腊将领,足智多谋,深孚众望,较为严肃。

③ 是一件源自希腊神话中的稀世珍宝,是财富和权力的象征。英雄伊阿宋最终凭借勇气与智慧得到了它。

④ 原文作 County Palatine,意为在其封邑内享有君权的伯爵。此处是音译。

⑤ 拿撒勒先知即耶稣。《马太福音》记载耶稣将两个人身上的魔鬼赶到了猪群身上。

⑥ 此处的典故源自《创世纪》第三十章。("雅各拿杨树、杏树、枫树的嫩枝,将皮剥成白纹,使枝子露出白的来。")

⑦ 此处原文 (Dobbin),这个马名字的直译是驽马、驮马的意思。

⑧ 黑曜日 (Black-Monday),也称黑色星期一,指复活节后的第一个星期一。

⑨ 夏甲 (Hagar) 是犹太人始祖亚伯兰 (后上帝改其名为亚伯拉罕)

正妻撒拉的婢女，撒拉因无子，劝亚伯兰纳夏甲为次妻；夏甲生子后，遭到撒拉嫉妒，与其子并遭斥逐。(见《旧约·创世记》）文中"夏甲后裔"表"贱种"之意。

⑩ 希腊神话中，特洛亚王答应向海怪献祭了公主赫西俄涅(Hesione)，后希腊英雄赫拉克勒斯斩杀海怪，救出公主。

⑪ 古希腊神话中，弗里吉亚(Phrygia)之王米达斯(Midas)向神求得点石成金之术，碰到的食物都变成了黄金。

⑫ 但尼尔(Daniel)，以色列著名士师，以善于审判案件著称。

⑬ 当时法庭审判罪犯，是由十二个人组成的陪审团。

⑭ 埃宋(Aeson)，伊阿宋之父，因伊阿宋的妻子美狄亚(Medea)采集的灵药而返老还童。

⑮ 原文为恩底弥翁(Endymion)，希腊神话中的美男子，因与月亮女神相恋，被宙斯责罚，陷入长眠并永葆青春。

⑯ 玛哪(Manna)，天降的粮食，见《旧约·出埃及记》。